熱血棒球隊
青姚繪 夏嵐著
07

目錄

01、新班級新任務 003
02、少女經理 017
03、友誼賽 033
04、招生問題多 045
05、河堤上的孩子 057
06、阿弘教練的計程車 071
07、打擊女王 087
08、巧遇隊長 101
09、新隊友的守備練習 113
10、保守祕密 125
11、一路走來 139
12、隊長與副隊長 151
13、挑戰連連的初夏 165
14、未完的比賽 177
15、完整的隊伍 191

01

新班級新任務

「不好意思，請問……」白皙文靜的阿鎧揹著書包，在走廊上攔住幾位匆匆路過的陌生同學。生性有些害羞的他，昨晚已經為了今天而嚴重失眠。

「請問……二年二班……」阿鎧深呼吸，告訴自己別緊張。不過就是到新學校報到而已，自己都已經國二了，一定能做到。

新學校腹地遼闊，好不容易找到教職員辦公室，卻被告知班導已經到班上了。阿鎧只好摸摸剃得清爽乾淨的平頭，繼續往前走。

「請問，二年二班的教室在哪？」嘗試了好幾次，他總算碰上一個親切的同學，願意解答他的疑惑。

大概是自己的制服和書包都是全新的，特別顯眼，同學也發現他是轉學生，很熱情地告訴他教室的位置。

「終於到了……」好不容易摸到了二年二班門邊，阿鎧怯生生地往裡面望。

臺上站著一個寫板書的中年微胖女老師，圓圓的臉和藹可親，但也散發出一種一絲不茍的氣度。同學們正在準備早自習，每個人都安靜服貼地低頭做作業，乖巧得彷彿一群綿羊，正在草原上享受著吃草的片刻。

01 新班級新任務

可見，這個班導師的功力十足，才能把早自習愛睏又焦躁的學生們，管理得服服貼貼。

「咦？」班導師好眼力，立刻注意到門邊這個理著平頭的安靜小個子男孩。「同學，你是今天報到的阿鎧嗎？我才在想你是不是到了，歡迎！」班導師莉莉燦爛的微笑，讓阿鎧如釋重負。但隨即迎面而來的，是全班同學的「虎視眈眈」。

大家打量著他白得不自然的新制服與硬梆梆的全新書包。

「跟大家介紹一下你是誰，怎麼會來到我們這裡？」

「我是張佑鎧，保佑的佑，鎧甲的鎧……因為爸爸換工作了，我們全家人搬家，我就來這個學區讀書。」

「哦？那你原本是什麼學校？」同學提問，阿鎧也緊繃著表情回答著每個人的問題。

原本以為都答完了，莉莉老師似乎覺得還不夠，又當著大家的面前笑咪咪地邊問邊聊。「那阿鎧，你的興趣是什麼？」

「興趣，沒有特別的……」阿鎧最討厭別人問他興趣，因為他頂多也只能說出上網、玩遊戲、讀書、看電影等平凡的興趣。就算說了，別人也無法對他產生什麼印象，因此，阿鎧就乾脆不說了。

「那你假日都在做什麼呢？」老師又問。

阿鎧真想直接拎起書包走下臺，但也只能咬牙回答道：「嗯，我假日都在家裡，有時候會陪爸爸、哥哥出去走走。」

「哦？那會陪媽媽嗎？」

還是問到這個問題了，阿鎧很討厭自己在眾人面前必須回答這題，但他還是深呼吸了一口氣。

「我媽媽已經去世了……所以……」

「唉，真抱歉。」老師神色明顯一慌，同學們也紛紛露出驚訝與惋惜的神情。這並不是個不能問的禁忌問題，只是每當眾人對阿鎧擺出集體同情的神態時，反而更讓阿鎧感到不自在。

「我相信我媽媽會在天上守護我們的，所以，不要緊的。」阿鎧微笑道。這個回答是聰明的哥哥教他的，總能將突兀的氣氛化為簡單，也讓大家的表情再度恢復明亮。

01 新班級新任務

「阿鎧真是個樂觀的孩子，真的很棒！老師也認為你的媽媽此刻一定在天上守護著你。未來在這個新環境讀書，有什麼問題都歡迎告訴我們，老師和同學絕對會盡力幫忙。」

「謝謝老師，謝謝同學們。」阿鎧一陣尷尬，因為不知道要說什麼，只好就道謝了。

不知道該說什麼時，就好好地微笑道謝吧！這也是哥哥教他的。

「原來，哥哥教的都派上用場了。」阿鎧的哥哥今年高一，聰明又帥氣，在學校是萬人迷，伶牙俐齒，跟哥哥學怎麼講話準沒錯。

方才站在講臺時，阿鎧就一直望著教室左後方的一個空位。這個空位在坐得滿滿的教室中，顯得如此突兀，彷彿只有它在真心歡迎著阿鎧的到來。

「終於能下臺了，以後這就是我的位置了。」如今阿鎧拎著書包坐到空缺的座位上時，心底踏實多了。這種偏側邊的位置他以前也坐過，從這裡望向黑板的視野他也很習慣。

總算找到屬於自己的一席之地後，阿鎧轉身就面臨了鄰座同學的好奇目光。大家看起來都很友善，但也保持著一定程度的冷漠。

鐘響了，上午第一堂課開始，恰巧是班導師莉莉的英語課。阿鎧的英文程度很好，因此也沒有什麼問題。

直到下課時，阿鎧才收到一張紙條。

「歡迎你來我們班，我是副班長維弘。」秀氣的字跡背後，原來是個臉上長滿青春痘、但滿面微笑的男生。

維弘朝他招手打招呼。他有點訝異，來跟他搭話的竟是副班長，而不是班長或者其他幹部。但看到維弘親切的表情，阿鎧也放下心來，準備慢慢開始認識同學。

「下午後兩節課是社團課喔，你如果沒有特別想去的地方，可以來我們合唱團參觀。」維弘的好意提醒，卻讓阿鎧倍感壓力。

才轉學第一天，就要開始想「社團」這麼複雜的問題啦？

「請問……每個人都一定要參加社團嗎？」

「對唷！我們學校是每個人都要登記社團的。而且每個社團都有一定名額，若是滿額了，就算想去也進不去，很嚴格的。」維弘認真地把學校社團的運作裡裡外外解釋一次。「因為已經開學一陣子了，多半社團也收滿人了，

01 新班級新任務

剩下的選擇不多，你有特別喜歡什麼社團嗎？我幫你去問！」

「不……不用，其實我都可以啦。」為了避免造成自己與他人的麻煩，阿鎧笑著回絕了。

其實，阿鎧也沒有非要參加哪類社團不可。平時他也沒有特別的消遣，更不喜歡跟一群人一起長時間相處。在以前的學校，只有特定積極的同學才會去參加社團，而阿鎧多半會去圖書館借書來看，徜徉在書中的冒險世界。他也喜歡歷史、地理等介紹世界各地奇妙事物的書籍。

若想動一動，阿鎧會在放學回家之後換上慢跑鞋外出，獨自一人享受寧靜的街景。他真難想像自己，到了這新學校之後，會加入怎樣的社團？

「阿鎧，你穿了新制服、揹了新書包、有了新座位，教科書也都領到了，猜猜看，還少了什麼事？」班導師莉莉親切地問。

「我不知道耶，老師。」阿鎧有些害羞地回答，但明亮的眼神仍有禮貌地望著莉莉老師。「您是要我選一個社團嗎？」

「沒錯，你猜對了。」莉莉笑著說。「每週三和週五的下午都有社團時間，你選一個最喜歡的加入吧。」

今天下午，阿鎧特別緊張，班導師帶他到學校的社團逛逛，讓他選一個喜歡的社團參加。

因為每個社團都有名額限制，很多都已經額滿了，可供阿鎧選擇的並不多。他們參觀了紙黏土社、讀書會、國畫社、烹飪社，最後，導師莉莉帶阿鎧來到操場。

阿鎧感到一陣壓力。操場上的同學們大多跟他一樣，有著微微曬黑的四肢。雖然身形瘦弱，但阿鎧其實不討厭運動，只是……

一個白色的細小影子飛過紅土操場。

那是一顆棒球。

阿鎧的心隨著棒球騰空，當揮棒的球員一棒將球擊出時，阿鎧更是感覺心臟狠狠地揪了一下。

「看來你已經選好要加入什麼社團囉！」導師莉莉和藹地笑道。

「不……老師，我……」阿鎧欲言又止。

莉莉老師把一切想得太天真了，阿鎧心想。什麼運動都好，為什麼偏偏是棒球？

每當看到那一個個白白的小圓點時，阿鎧總會回想起國小時被同學們用棒球欺負的不堪回憶。

一顆顆堅硬的棒球，往自己的身上擊打，痛在身上，也痛在心底。回家脫下衣服洗澡時，阿鎧甚至不敢直視鏡中的自己，身體上的藍紫色瘀青，像巨蟲般爬在身上。這些回憶，阿鎧再也不願想起……

當時的阿鎧，因為不擅言詞，又面臨媽媽早逝，課業成績不理想，不僅老師看不起他，同學也愛嘲弄他。好幾次體育課恰巧練習棒球，同學們故意用球偷偷K他，老師卻裝作沒看到。

媽媽過世後，爸爸因為事業忙得焦頭爛額，哥哥也將自己沉浸在學校社團中，阿鎧什麼也沒對家裡說，默默地承受著一切。他努力在學業上追補進度，考出好成績，恰巧又遇到升上新年級、重新編班、更換新班導，一切便迎刃而解。

國小高年級時，阿鎧參加了田徑隊。不需與任何人互動，只需與自己的身體對話，將呼吸的頻率交託在炙熱的空氣中，不顧一切地跑、跑、跑……

阿鎧始終覺得，跑步是最適合自己的運動。

看來，這想法也無法在今天的選社團活動上幫他什麼了。乾脆就裝作對棒球沒興趣，選一個無關痛癢的社團吧！

回到當下，阿鎧才意識到莉莉老師仍在對著自己笑。但這一笑，讓阿鎧不好意思地低下頭。

「老師……運動性社團就只剩這個了嗎？」

「是呀。」老師將手上尚有名額的社團清單拿到阿鎧手上。左看右看，其他的一點興趣也沒有……阿鎧感覺走投無路。

「棒球隊剛好還沒招滿隊員，我現在帶你過去，跟教練打個招呼。」

「咦？現在嗎？」阿鎧緊張起來。「棒球隊……需要什麼體能測驗嗎？」

他忍不住露出退怯的神色。他摸了摸一身緊繃的新制服，這才想起來自己連運動服都沒帶。

果不其然，棒球隊的隊員們一發現有陌生的男孩接近，便露出緊迫盯人的目光。既然也躲不掉了，不如正大光明面對。阿鎧索性從莉莉導師的身後走出來，抬起頭面對眾人的關注。

莉莉導師淺笑地說：「阿弘教練，這是我們班新來的轉學生阿鎧，我帶他來這裡看看，請問你們隊上收滿人了嗎？」

「我們隊上還有名額啊！」高大壯碩的黝黑教練，笑著說：「同學，你先來試打幾球看看吧！」

阿鎧拉了拉制服褲，步伐沉重地站到本壘板旁。

「沒事的，又不是沒打過棒球。」他默默替自己打氣。

投手丘的投手瞪著阿鎧，大概想嚇嚇他，故意投出一個凶猛觸身球！

阿鎧沉著地往旁邊一躲。

「哦，身手還可以。喂！阿黑，你好好投，我看看這個新同學的狀況。」

阿弘教練命令道，投手聳了聳肩，只得投出一個中規中矩的球。

球路順暢，阿鎧看準揮棒。

揮棒落空。

「明明看準了才打的……」阿鎧面對教練與班導師的目光，又糗又氣餒。

「態度不錯呀，別在意。」教練拍了拍阿鎧。「你就來一星期看看吧！到時候如果還習慣，就拿社團單子讓老師簽名、申請入隊。」

「是，謝謝教練，謝謝莉莉老師。」阿鎧向兩個長輩道謝。但因為沒帶運動服來上社團課，教練便要他在場邊看著。阿鎧沒有抱怨，應該是說他也不懂得抱怨，帶著一張憨厚的空白表情站到旁邊。

阿鎧靜靜地觀察，發現阿弘教練似乎拿幾個球員很頭痛。練習賽時，不時看到幾個球員對他頂嘴，雖然會被教練大聲壓制回去，但教練本人卻也有些無奈。

「唷呼，只要我出馬，沒什麼做不到！」在場上連續揮出全壘打的隊長，最愛跟教練唱反調，他威風地在場上跑著，不理會教練要他做的安打練習，只是隨心所欲地擊球。

外表高壯帥氣的隊長，總是豎著一雙濃眉。隊長的綽號叫齊霸，高壯剽悍，濃眉銅鈴眼，頂著微捲的蓬蓬頭，像雄獅般散發出壓倒性的霸氣。

「新球衣到了，大家根據自己的號碼來拿吧。」練習完畢時，隊上的女經理和球員搬來一箱貨品，球員們全都爭先恐後地衝上前，把箱子內的新球衣翻得一團亂。

「等等，你們在幹嘛？為什麼要拿別人的球衣？上面的尺寸都亂了！」教練漲紅了臉，努力想維持秩序。一旁的阿鎧雖然沒有拿球衣的份，卻默默地靠了過來。

「教練，我來把亂掉的球衣排好。」說著，他便老實地蹲了下來，默默整理箱內裝著全新封套的球衣。

阿弘教練愣了愣，不敢相信這個新來的隊員竟然願意蹚這場渾水。畢竟，整理每個人的球衣是非常麻煩的，是一項吃力不討好的工作。

「快點整理，我的背號是三十五，幫我找一下！」幾位等不及的同學，索性吆喝起阿鎧。阿鎧不抱怨，也沒抗議，反而低頭默默幫其他人找起球衣，球員們看他有條不紊，也依賴起阿鎧的協助，自主排成一列，等待阿鎧服務。

十幾個球員都在最快的時間拿對了自己的球衣，背號與尺寸一樣也沒錯。解散時，教練特地把阿鎧拉到一旁。

「你做得很好，阿鎧，教練很欣賞你。如果可以的話，你要不要考慮來當我們的副隊長？」

阿鎧瞪大了眼睛。

02

少女經理

「這……我還不能答應。」

「好吧！你大概覺得很突然吧？」阿弘教練尷尬地與莉莉老師對看，也擔心自己會造成阿鎧的壓力。「那……你要回去考慮考慮嗎？」

阿鎧只能先點點頭，來個緩兵之計。

「那就先這樣子好了，阿鎧，你要不要再試打一下球？這邊有球棒。」教練微笑地指著角落。

本想搖頭拒絕，莉莉老師卻很開心地回答道：「好主意，阿鎧，你再來試打看看！我們先謝謝阿弘教練，到一旁練習吧！」

阿鎧望著身旁球員們的目光，大家幾乎都惡狠狠地瞪著他，似乎不希望讓他這個穿著嶄新白制服的轉學生碰自己隊上的球具。

也不知道莉莉老師是遲鈍還是裝傻，毫不在意地領著阿鎧往球具箱走去。

「這邊有球棒。」一個清脆如銀鈴的說話聲從他們背後傳來。

轉過頭，只見戴著眼鏡、身材瘦小的長髮女孩，露出彆扭的微笑，遞上一根九成新的球棒。看她笑起來的模樣，大概個性也挺慢熱內向，如今卻為

02 少女經理

了一個新來的轉學生釋出如此大的勇氣，阿鎧不禁被她的神態所吸引。

「來！」經理女孩遞出了球棒，阿鎧這才看見她身上披著棒球衫，裡頭則穿著學校的制式體育服，淺藍色上衣配深藍短褲。

阿鎧接過了球棒，沉甸甸的紮實手感，讓他心情為之一振。說起來，阿鎧以往的體育課因為器材不足，一個班級才分配三隻球棒，永遠也不可能輪到他，如今得以握著球棒，不催不趕，倒讓他心中湧起一陣新奇感。

「啊！阿弘教練，不好意思，要打鐘了，我今天掃外掃區，得先走了。」還沒機會跟女孩再多說幾句話，她便轉身向教練告辭。

她清瘦的身影穿梭在眾球員之間，像是一抹突兀卻也怡人的清風，匆匆地跑過操場的另一側。

看她緊張又戰戰兢兢的模樣，或許也是個認真嚴謹的好學生吧。

「哦！那是我們隊上的經理——芮琪。」阿弘教練說。「她是個好孩子，不過，我還是需要能幫我管住隊上男孩的幫手。」阿弘教練的語氣有些落寞，似乎自己身邊欠缺像樣的幫手已經很久了。阿鎧望著教練黝黑深邃的五官，猜想他年輕時一定曾是熱愛棒球的俊美青年。

阿鎧試揮了幾下球棒，感覺倒還不壞。不過，當教練派人丟球給他打擊時，那一顆顆的小白點猛力往臉部衝來，讓阿鎧感到胃底發冷，直閉眼睛。

「哦！原來你會怕球啊？」教練似乎有些失望的模樣。

「哎唷！阿鎧也沒什麼機會打棒球，會怕，很自然啦！」莉莉老師微笑地替他緩頰，但一旁的球員們早已議論紛紛，一臉不屑。

「怕球？那來這裡幹嘛？」

「就算是來打雜好了，怕球的話，連撿球都做不到吧……」

阿鎧本想一走了之，但想到自己有教練與老師陪同，也算是很幸運了，便忍耐著繼續將投手擲出的球打完。

然而，他一球都沒打到。

球員們哈哈大笑。

「沒關係，精神可嘉，能打完十球已經不簡單。」教練露出帶著威嚴的淺笑。「哪有人一開始什麼都會的？如果都會了，那就不需要學了，你們這群人也可以回家了，不是嗎？」

一群球員停止鼓譟，心有不甘，但至少都乖乖閉上嘴，自行練習去了。

「教練，請問棒子要怎麼揮……」阿鎧有些不甘心，便真心發問。沒想到這一舉動，又讓教練稱讚了起來。

「很好，有問題就要問！我當教練這麼多年，最討厭那種默默硬撐的人。」沒想到阿鎧誤打誤撞，一連串行徑全都對上阿弘教練的胃口。大概也是有緣吧！莉莉老師微笑地望著他們。

阿鎧照教練所說的，用腰出力、以眼睛對準球，但他畏懼看球的下意識行為當然無法馬上消除，也影響了自己的表現。

「不要緊，每天都來練習，我保證你一週之後一定打得到球！」阿弘教練似乎眼中燃起了熱情，用力地拍著阿鎧的肩鼓勵道。他爽朗的聲音與口氣，更給阿鎧打了劑強心針。

「我真的打得到球嗎？」阿鎧帶著疑問，一如往常地獨自走回家。他連隔天是否要回去跟教練一起練習這種事，都無法決定。

隔天上午，阿鎧仍想著棒球隊的事情，心不在焉，偏偏他是值日生，要拿著整疊聯絡簿到導師辦公師給老師批改。

剛到學校，一切還不熟，昨日結識的副班長維弘也陪在他身邊，指引道路。

「那邊是體育館，往左手邊大樓走有個空中走廊，可以通往教學大樓，往右看則是我們班教室。」維弘瞇著眼睛微笑，一路友善地給予指引。

「啊！抱歉！」不料，由於阿鎧過度專注聽他說話，一不小心就與側邊走廊奔出的一團黑影相撞。

這一下可撞得不輕，手中的聯絡簿一本本拋了出去。

「哦！糟糕！」副班長維弘趕緊低頭幫忙。阿鎧眼角餘光，則瞥見那個被他撞倒的人穿著制服裙。

慘了，難道他撞到了女生？

「真抱歉！唉，妳沒事吧？」阿鎧跳到她身邊，女生似乎被撞得七葷八素，臉色蒼白，正痛苦地撫著後腦勺。

「眼鏡……我的眼鏡呢？」女生低喃著，維弘和阿鎧連忙彎下腰幫她找

02 少女經理

眼鏡。

這時，阿鎧看到女生不但在這個大晴天中全身溼透，頭髮上竟然還有枯葉。更奇怪的是，她身上的味道聞起來像臭水溝一樣。

「給我！」女生大概也知道自己很「特別」，連忙從阿鎧手中搶過眼鏡，迷迷糊糊地戴上眼鏡就想逃走。

「等等！妳是……棒球隊的經理——芮琪？」阿鎧認出她了。一旦被叫出名字，芮琪顯然更加尷尬。

她慌亂地起身，頭也不回，狼狽地逃離走廊。

「別管了啦，人沒事就好啦！」維弘嘆了口氣。

兩個男孩低頭撿著散落一地的聯絡簿，但阿鎧仍不斷望著經理離開的方向。

「你剛剛看到了吧？芮琪她好像遇到麻煩了。」

「嗯，聽說芮琪她們班……狀況滿複雜的。」維弘語帶保留，雖然年紀與阿鎧同歲，他說話的態度卻老成許多。

但阿鎧卻是一片赤誠，一聽到這種不清不楚的答案，只是更加追根究底。

「什麼意思啊？他們班都這樣對待她嗎？還是……也這樣對待其他人？他們一定是故意的吧？」阿鎧想到自己的親身經歷，不禁感慨萬千。

「唉，你也沒親眼看到，還是別想這麼多吧！」維弘臉上仍掛著微笑，抱著聯絡簿站起來。「我們先送簿子給老師吧！快打鐘囉，沒時間閒聊了。」

阿鎧一點都不覺得他在閒聊，而是想瞭解一件很重要的事，但禁不住維弘的催促，他也只得先把正事做好。

阿鎧只問了最後一個問題。

「維弘，你知道芮琪是哪一班的嗎？」

「三年十班，她比你大一屆喔！而且，三年十班是音樂班呢！」

「音樂班？」阿鎧震驚地想著，原來充滿氣質與美學素養的音樂班，也有霸凌問題啊？

何況，他們霸凌的還是棒球隊經理……難道棒球隊的人都不知道嗎？若是他們明白的話，早就會出手幫助芮琪了吧？

太多的問題盤繞在心頭，阿鎧甚至忘記了自己原先在煩惱的難題。

那就是，該不該加入棒球隊？

02 少女經理

經過昨天的擊球體驗之後，阿鎧發現棒球並不如自己記憶中那麼無聊，反而有引起他好奇的有趣地方。

何況，阿弘教練還跟他掛保證，若連續練習擊球一週，保證就能打到球。

「真的嗎？」阿鎧嘆了口氣。「教練……應該不會騙我吧？他對我有信心，我又怎能對自己沒信心呢？重新學習一項自己原本完全不會的事情，似乎也不壞啊？」

「張佑鎧！」正在心煩意亂之際，班導莉莉突然點名道。

「有！」阿鎧不但舉起手，甚至從座位上跳了起來。

「你來唸唸下面這段文章。」教導英文的莉莉老師不像在找碴，反而是嚴肅地想給阿鎧一個機會。

無奈，阿鎧連課程上到哪一頁了都不曉得。

「第三十六頁，第二段。」維弘小聲地在後頭提示道，總算化解了危機。

阿鎧的口音非常標準，唸起英文來字正腔圓又流暢，讓許多同學都刮目相看，眼神閃亮地注視著他。

阿鎧不習慣被眾人關注，這樣反倒讓他不好意思，眼睛都要看錯行了。

當他唸完自己的部分，便匆匆坐下。

「阿鎧，你以前有出過國嗎？」莉莉老師問。「你的口音滿美式的，很自然。」

「不……從來沒有出過國，我是自己聽英語電台學的……」

同學傳來一陣驚呼，議論紛紛。阿鎧則尷尬地抿唇不語，深怕自己太過高調，引起不必要的誤會。

等到下課時，班導莉莉叫他過去。

「你介不介意參加課後的英語輔導小組呢？老師這邊有一些需要你幫助的同學，如果參與的話，英文成績可以加分喔！一週一次。」莉莉老師微笑地推廣自己的學習小組計畫。「我們班已經有很多同學參加了，你可以問問他們的經驗，再決定要不要參加。」

「好……謝謝老師。」

「還有，今天放學前，要告訴老師你想參加什麼社團喔！」

「我知道了……」阿鎧感覺壓力好大，才剛在新學校落腳，就得學著融入各種團體，心情緊張無比。

02 少女經理

今天下午沒社團課，照理來說，放學後阿鎧便可先回家，但他惦記著芮琪的事情，腳步已經不知不覺來到球場。

黃土紛飛的棒球場上，一眼就能認出芮琪的身影。嬌小白皙的她，站在一票小麥色肌膚的大男孩中，總是特別顯眼。

出乎阿鎧意料的是，芮琪笑得好燦爛。

她身後的夕陽，正在閃爍著最後的金輝，也將她戴著氣質眼鏡的臉龐給襯托得活力十足。芮琪跟在一票男生旁邊，愉快地從球具塑膠籃中、拋出球棒給球員們，動作俐落又充滿韻律感。

早上一身溼透、可憐兮兮的芮琪，此刻卻笑得這麼開心。阿鎧打從心底敬佩她的堅強。

加入棒球隊，對於音樂班的芮琪來說非但沒有格格不入，反而像是一種解放似的。

芮琪忽然轉過頭，大概發覺阿鎧在場外鐵絲網邊的視線了。阿鎧想到今天的尷尬場面，不知該不該與她打招呼。

「嗨！過來呀！」反倒是芮琪像根本忘記上午的事情般，絲毫不在意地流露出阿鎧從未見過的一抹大方笑容。

「你今天也來練習啦？我去跟教練說！」

「不……我……」阿鎧感受到球員們「關切」的眼神，又是一陣緊張。

「我只是來看一下而已……對了，早上的事情……妳沒事吧？」

芮琪原先爽朗的臉上，出現了一絲陰霾。「嗯……沒事啦，你不用管。」

阿鎧知道自己大概又問了讓芮琪不舒服的事，連忙彆扭地撇開視線。恰巧，他又與阿弘教練對上了眼。

「啊！阿鎧來啦！」教練憨厚黝黑的臉上立刻出現歡迎的笑容。「來練打擊嗎？看來你真的很有決心想學會喔！」

「不……」阿鎧心虛地咕噥了幾聲，手卻已主動接過教練給的球棒。

他竟然開始期待打擊了。

「哦？那傢伙又來啦？」隊長齊霸坐在休息區中央，拋開毛巾，低頭和另一位有著小麥色肌膚的高挑球員阿黑交談著。「真是笑話。要讓這種人耽誤我們的練習時間？」

「既然是教練的意思，那就把他當作餘興節目看一看、笑一笑吧！」阿黑嗤之以鼻。

阿鎧不理會他們的言論，站上打擊區。

雖然當球強力飛來時，阿鎧仍會下意識閉眼，心情上也仍舊壓力十足，但一想到教練昨日說的那句「保證可以打到球」，阿鎧就像看到目標般，心中湧起些微動力。

投手一臉不耐煩，似乎覺得自己在練習時間還得來陪這個菜鳥，真是虧大了。

阿鎧也不是不會看人臉色，但站在本壘板上的他，心中卻泛起一陣熱力。

「越是這樣，我越得努力打擊！不要浪費幫我的人的時間！」陽光刺眼，加上過去對球的畏懼心態，阿鎧的眼睛總來不及看球。但一閉上眼，往日的訕笑聲與同學欺侮他的臉孔更歷歷在目。

被霸凌的日子，彷彿又追上了他……

「喂！」投手又擲了顆球過來。

「看球！」阿鎧對自己大喊，就在這瞬間，手中的氣力也傳至球棒。

「揮棒落空！」教練在一旁做出判決。

「但阿鎧，很好耶！至少你沒閉眼了！」教練說。

一旁看戲的球員們個個哈哈大笑，但聽在阿鎧心裡，阿弘教練這句鼓勵卻是千真萬確的充滿肯定。

「對，至少我沒閉眼了！從現在開始，就算沒打到球也好，我至少要睜開眼，不再逃避！好好看清自己眼前有著什麼！」他在心中對自己吶喊，瞠大眼皮，再度對著下一顆球，大膽地揮出棒子！

「哦！很好！投手啊，繼續投！不可以停喔！直接來！」教練彷彿是要阿鎧與投手找到自己的節奏，如此叮嚀道。

投手一球球地投，阿鎧一球球地揮棒。他的眼睛不再總想著閉上。揮棒都來不及了，閉眼又怎能看到球路呢？

直到耳邊傳來清脆的擦棒聲響！

球棒碰到球了！

「哦！界外！」阿鎧打出了一個在球場上毫無用處的球，再度引來哄堂大笑，卻不覺得氣餒。

回過神時，方才彷彿在生悶氣的經理芮琪，也緊張得滿臉漲紅，雙手默默地在裙邊握起拳頭。

「雖是界外，但你打到球了！」阿弘教練仍不斷地鼓勵道，平淡的臉龐也出現了興奮之色。「練練角度，接下來就能打出不錯的安打了！原本估計要一週，但你竟然在短短兩天內有這麼大的進步啊！很棒啊！」

「謝謝教練，謝謝同學……」阿鎧認真地對身旁的人們鞠了兩個大躬。

「好、好、好，你先去休息，場地讓給大家使用吧！今天很棒了！」教練拍了拍阿鎧的肩頭。

「教練，請問明天，什麼時候練習？」阿鎧意會過來時，眼睛已經炯炯地望著教練。

原來，不知不覺地，他已經不再將「是否入社」的問題當作一個考量，而是一件內心早已認可的事情了。

「你要加入我們了？」芮琪在一旁高聲問著，語調除了驚訝，更有喜悅。

「如果大家不嫌棄的話，我想在這裡努力看看……」阿鎧搔搔頭，內在的自信仍不足以讓他面對眾人目光的審視，但阿鎧嘴邊的笑意，卻是真誠的。

因為阿鎧知道，倘若他就這麼默默地離開球場，不再回來……，那他也終究不過是個曾經用球棒敲過球的小孩子而已。

而他要征服的，要挑戰的，遠遠不僅是這兩天的經驗，而是更多、更多他想像之外的事。

「是時候變得更強了。」阿鎧望著被晚風高高捲起的枝頭林葉，對自己說著。

「那好，今天你離開時，是個新來的球員……」教練微笑地說。「但下次你再出現在練習場時——就是我們的副隊長了！」

03

友誼賽

回家的路上，想到自己一到新學校，就被交付了如此重要的職務，阿鎧臉上這才掛起感動的微笑。

他是家中的第二個兒子，平常發生什麼事，多半有高中的哥哥扛著，不像哥哥那樣集爸媽寵愛於一身，甚至是經常被忽略的那一個。然而，他也已經習慣安靜低調地過日子，不強出鋒頭，也不喜歡討好別人。

沒想到，才轉學來第二天，老師就帶著他去加入棒球隊，教練還問他想不想當副隊長。

「可是，『副隊長』，聽起來也不太威風呀！」餐桌上，阿鎧的哥哥半開玩笑地說。

哥哥這麼說也沒錯，阿鎧心想，不過，太出鋒頭也會帶來不小的壓力，與其擔任一個威風的職位，「副隊長」聽起來就已經很好了。

「有什麼關係，我想副隊長這個位置空很久了，今天教練一看到阿鎧就任命他為副隊長，可以說是非常看得起你呀！」剛調職的爸爸，用愉悅的口氣鼓勵阿鎧。

阿鎧點點頭，欣然接受了爸爸的鼓勵。說真的，他對教練突然任命他當

03 友誼賽

副隊長的事情，實在不曉得原因。

不過，既然被賦予了重任，盡力就對了！

忠厚老實的阿鎧，隔天放學後，便飛也似地到球場報到。

「各位同學，從今天開始，阿鎧就是我們的副隊長了，之後也請大家多配合。」教練替阿鎧如此介紹道。虧阿鎧還在一旁緊張得心臟狂跳，隊友們不是在換衣服，就是在嬉笑打鬧，根本沒人把他當回事。

「呃……請各位多多指教……」阿鎧原本還想高聲跟各位隊友打聲招呼，看到大家一盤散沙的模樣，一時也沒勁了。

「該不會，我當不當副隊長，根本沒人在乎吧？」阿鎧有些氣餒。

練習時間，阿鎧看見球具散亂在一旁，便默默地動手整理。此時，有人魯莽地走來，一腳將阿鎧排好的球棒全都踢歪。

「哐噹！」球具碰撞的聲響，讓阿鎧嚇了一跳。旁邊的隊友全都嘻笑起來，阿鎧抬起頭，就看見隊長齊霸一臉惡意地衝著他笑。

「喂，新來的，重新整理一次吧。」在場上完成漂亮打擊的隊長，在場下卻判若兩人，對阿鎧露出鄙視的表情。阿鎧一肚子火，好想破口大罵。

「啊，剛剛打了太多安打，手超瘦的。洛奇，我的飲料呢？」隊長根本沒把阿鎧的憤怒眼神放在眼底，跋扈地走開了。

既然他都走開了，教練也沒在身邊，阿鎧便不想把事情鬧大，繼續整理球具去了。當他忙完之後，卻赫然發現練球時間已經要結束了。

場上進行著練習賽，眼看同學們一個個上場發光發熱，不論接球、投球、打擊，大家都有自己的任務可做，但阿鎧卻只有坐板凳的份……他越想越委屈。

「教練該不會是忘記我了吧？」

好不容易等到最後五分鐘，終於輪到阿鎧上場打擊了。教練還拍了拍他的肩，跟他說了聲加油。

「這是我的第一次正式練習，一定要有好表現……」阿鎧緊張地抿住嘴唇，雙腿微開，登上打擊位置。

「好球！」他太慌張，錯過了出手的機會，一連兩次揮棒落空。場邊的同學也不怎麼關心，大聲地聊天，連投手都露出不專心的眼神，似乎根本沒把阿鎧當一回事。

03 友誼賽

「這次一定要打到……」阿鎧知道，自己被人看不起了。不甘心的他，決定抓住最後一次擊球機會。

球飛了過來，阿鎧的棒子終於揮出去了！

「界外球，出局！」這球的確打得太後方，比賽就這麼結束了。

「喂，副隊長，記得收球具喔！」同學們紛紛把棒子丟到地上，一副理所當然的模樣，自行解散去了。

阿鎧伸手收著球具，心底覺得鬱悶極了。

「我到底來這個球隊做什麼呀？」下課時，阿鎧發呆地邊走邊思考著。轉角處，他看見隊長與一票球員在福利社外閒晃，邊吃著冰邊嘻笑打鬧。

「嗨！你們都在這裡呀？」阿鎧對他們打了聲招呼。不料，隊長卻轉過頭，帶著一票隊上弟兄直接走開，根本沒有要理睬他的意思。

阿鎧心情很差，上課也心不在焉。好不容易進入球隊，卻遇到這麼多困難。

「阿鎧，怎麼了？最近上課有點不專心唷。」班導師莉莉的關切，讓阿鎧羞得無地自容。

他回家吃飯時，找了爸爸商量。

「別擔心，你進棒球隊不就是為了學打球嗎？」爸爸摸摸阿鎧的頭。「爸爸也還在適應這間公司的情形，但每次有什麼不如意，我就抱著單純把工作做好的心情，一切就簡單多了。」

「這樣啊，是呀，我加入棒球隊，是為了有機會學習棒球。」阿鎧回想起學習擊球時、自己正眼看球的情景。那瞬間，他也獲得了能突破過去的勇氣。

隔天，阿鎧帶著這份心情站上球場。穿著新球衣的他，也擁有了自己的背號。大大的「六十」寫在阿鎧的棒球衣上。

今天，隊員們也比往常鼓譟許多，因為隔壁校要過來打友誼賽了。友誼賽，往往比一般課後練習更為正式，因為不想在別的學校面前丟臉，大家都全副武裝、嚴陣以待，連阿弘教練的神情也嚴肅許多。

「聽好，他們的投手很強，因此我們需要幾個強棒，輪番上陣。」教練列出隊上名單，而一臉驕傲的隊長，早已胸有成竹地走上前。

果不其然，隊長是先發強打。而球技普通的阿鎧，坐了整場的冷板凳。

03 友誼賽

「聽說今天棒球隊有比賽。」校內也有三三兩兩的同學呼朋引伴前來，聚集在紅土場邊看球。

「奇怪，以前我們學校棒球比賽時，看臺總是坐滿人，這裡好像不太一樣？」阿鎧發現，來看棒球比賽的人其實不多，彷彿這是件不怎麼重要的事情。

而打到四局下半時，阿鎧也知道原因了。

因為，他們真的打得不怎麼樣。打擊雖然偶爾有不錯的表現，但無法連續得分，一下子就被敵隊追過了。

「枉費我人都跑到三壘了，阿黑人也趕到二壘，你打不出好球，真是太可惜了！」比賽中途，休息區引發了劇烈的爭吵。隊長帶頭罵著一個表現不如預期的打擊者。

雖然阿鎧知道互相怪罪很不好，卻也不敢過去勸架。畢竟，那些隊上的王牌打者，也聽不進他這種板凳球員的話。

「哈，他們在吵架了！」原本要來看球的同校同學們，全都因為隊上的爭執，冷笑地聚在看臺上看好戲，指指點點。

「好了，不要吵了！比賽還沒結束呢！教練我都沒生氣，你們生什麼氣？」阿弘教練也忍不住吼了起來。「你們都唸二、三年級了，還不懂給國一的學弟作榜樣，一點不如意，就互相怪罪！全都給我回去，下局換我們守備了，給我好好守！」

阿鎧很明白教練為什麼生氣。比數落後八分，隊上氣氛火爆，又充滿挫折感，教練心情一定也不好過。

然而，他只是個小小的板凳球員，也是個講話沒人在意的副隊長，球技也不怎麼樣，阿鎧很懷疑自己到底能做什麼……

這局輪到他們守備，阿鎧照樣不需要上場。而就他看來，這些人平常技巧很好，守備時卻一點默契也沒有。

兩個守備球員爭起球來，最後在場上互撞，左外野手因為還在對隊長方才的指責生氣，也顯得浮躁不已，心不在焉。

這場比賽，就這麼悽慘地結束了。

「我們平常跟其他學校打時，打得怎麼樣？」阿鎧用謹慎的語氣問著一個學弟。

03 友誼賽

「本來就很差啦，別放在心上啦。」學弟似乎沒期望學長們能贏球，這也讓阿鎧非常驚訝。

「原來我們的隊伍，這麼差啊……」他覺得好難過，難過的不是自己進了這個一盤散沙的球隊，阿鎧更氣自己的無能為力。他回過頭，看見經理芮琪早已紅了眼眶，一個人默默在角落強忍著淚水。

雖然無奈，芮琪的雙手仍疼惜地用毛巾一一清理著球具，眼淚落在沙地上，無人聞問。

「芮琪……妳沒事吧？」阿鎧悄悄接近她。

「沒事。我只是在清理護具而已，我能做的，也只有這樣了。他們那幫人不聽勸，也討厭說教，因此……也只能這樣了。」芮琪抹抹眼淚，無奈地抽泣著。

雖然只是一場簡單的友誼賽，但芮琪希望隊上球員更重視彼此的心情，卻是如此強烈。

她也厭倦大夥兒的這種心態，卻也無力改變，只能無助地透過清理護具等小事情來付出一己之力。

比賽結束，選手們紛紛臭著臉離場，收拾球具的重擔，再度落到阿鎧這個副隊長身上。

就在阿鎧苦著臉收拾場地時，教練也過來幫忙他。

「阿鎧，你也看到了吧？我們隊上，多的是這種個性差、難管教的球員。打棒球，球技不是唯一，他們該好好學會團隊合作才行。」教練無奈地聳了聳肩。

教練說得沒錯。其實，就阿鎧看來，隊上幾乎每個人都比他會打棒球，但怎麼組織在一起時，大家卻失誤連連，老是吵架呢？

「老實說啊……」教練把阿鎧當作朋友般，伸臂輕輕勾在他背上。「阿鎧，我們隊上能用的球員不多。球技稍微好的，總是不聽指示，我已經溝通一陣子了，但我想，我們應該再多招一些球員進來。」

「您是說，招生嗎？」阿鎧問。

「是呀，如果再多招六七個人進來，或許可以換一換新氣象，也能替未來的大比賽做準備。我能請你一起來幫忙招生嗎？」

阿鎧一口答應了。如果能為隊上多做些什麼，這也是好事。阿鎧反倒很高興，教練信任他、主動找他商量。

而他拿起書包離場時，芮琪默默跟在他後面。「我……」

「嗯？」阿鎧回過頭。

「我也來幫你招生！」芮琪眼中的不只有幹勁，也有一種複雜而沉重的情緒。

當時，阿鎧未能明白芮琪心底想著些什麼，畢竟她看似柔弱，大多時候卻也沉默而固執，阿鎧很難一下子就讓她說出心底話。

才這麼想著，芮琪已經一溜煙地拐彎離開，連句再見都沒對阿鎧說。

04

招生問題多

阿鎧回到家，看見唸高中的大哥坐在客廳打電玩。難得哥哥這個時間就回來了，平常他總是上輔導課、補習班，深夜才返家。

「老弟，可以去便利商店幫我買點涼的嗎？」哥哥差遣道。既然是哥哥請客，阿鎧倒也樂意。兄弟倆享受難得的相處時間，一面等爸爸回家，一面打電玩。

哥哥玩的電玩是暢銷的美國大聯盟棒球系列，他一面動著手指，一面聽阿鎧分享最近學校裡發生的事。

「所以，你現在真的是棒球隊的副隊長啦？」

「是呀。」

「怎麼聽起來一點也不開心呢？」哥哥問。

「因為有責任，壓力開始大了。」

「不，你這孩子，壓力一直都很大。」哥哥皺起眉，摸摸他的頭。「總覺得你個性獨來獨往的，又不擅長和人相處，你看，假日也不和朋友出去玩，難道沒有特別知心的朋友嗎？」

面對哥哥突如其來的連環問句，阿鎧苦笑。

04 招生問題多

「有是有，但他們都在先前的學校啊……」

「聽起來，你還沒適應新學校。」哥哥溫和地說，但眼睛仍正對著電視螢幕打著電玩。「假日哥哥的腳踏車借你騎，出去跟朋友碰碰面吧！新朋友也好，舊朋友也罷。一來到新學校就有能立即投入的事，也很好啊！有時候，人不用把所有事情都挑在肩上，分派給朋友，反而是一種信任的行為，自己也會比較輕鬆喔！」

哥哥指的是棒球隊的事。

阿鎧微笑地點點頭。對於招生這件事，他心中能幫忙的唯一人選，就是芮琪了。

雖然兩人之間的關係還有些生疏，但只要不提到那天在走廊相撞的事，芮琪似乎就不會表現得那麼彆扭……

隔天恰巧沒有社團練習，阿鎧遵照莉莉老師的指示，來到英文課輔教室。鋪著木地板、窗明几淨的課輔教室看起來不像教室，反而像放著小圓矮桌、舒適抱枕的優雅圖書廳。同學們都是自己提交申請自願接受課輔的，因此也看起來頗為自在，三五成群聚在一起聊天，等待老師公佈分組。

「阿鎧，真謝謝你答應老師來輔導其他同學，我們這邊四人一組，由兩個英文比較好的同學，去輔導另外兩個需要幫助的同學。這些同學都是自己提交申請來的，也有班導推薦來的，相處上大多沒什麼問題。」莉莉老師熱情地解釋著課輔制度的運作規則。

「老師會給小輔導員們額外的進階補習，不輸給外面補習班喔。你們輔導員則負責陪英文不好的同學做功課，互相切磋，有問題隨時都可以問老師。」

「我知道了。」阿鎧對於要見新組員這件事，仍有些忐忑不安。所幸班上的副班長維弘也跟他同組。

「接下來，我來介紹要接受輔導的兩位同學，他們分別是文法和背單字部分較弱，老師想用團體學習的方式來帶他們。」莉莉老師將教室另一頭閒聊的同學們聚集過來分組。

「咦？芮琪？」阿鎧驚訝地望著角落裡的女孩。原來他要輔導的對象，竟然是年長一年級的國三學姐芮琪。

芮琪緩緩走來，害臊文靜的氣質之中，夾雜著些許冷淡與彆扭。

04 招生問題多

「說真的，我英文文法很糟，閱讀測驗常常都有看沒懂，填空題也老是答錯。」她低頭望著桌子，尷尬地攤開自己的習作簿與一冊冊的升學評量試題。

「嗯……我看一下。」為了避免加深芮琪的不自在程度，阿鎧不再問東問西，他望著芮琪帶來的試題，意外地發現自己能看得懂百分之九十，只有一些未上過的單字不太懂。

「阿鎧，那我們坐你隔壁喔。」維弘來到大桌子旁坐下，身後跟著一名俊美黝黑的健美原住民男孩，小飛。

「我單字都背不起來，只能亂猜。唉，就是不想背啦。」小飛與維弘溝通著他的問題。

一組組的輔導員與學員們並肩坐在和室桌旁，木質地板上擺放著淺色系的抱枕與坐墊，館內又有涼涼的冷氣可以吹，讓大家不再心浮氣躁，而能專心討論功課。

負責輔導的英文老師則穿梭在桌間，輕聲與學員們討論指點。

芮琪低下頭寫著試題，阿鎧則在一旁用辭典查著他沒學過的國三單字。

芮琪也將自己的課本大方讓給阿鎧讀，她秀麗的筆跡與清楚的筆記，讓阿鎧發自內心覺得，芮琪是性格嚴謹上進的人。

她在隊上很認真，對學業也很積極，這樣的芮琪，若與自己班上同學處不好的話，就太可憐了。

「不過，現在問的話，她一定又會覺得我很煩。」阿鎧又將嘴邊的話吞回去。

此時，芮琪緩緩地開口。

「阿鎧，你有想到要怎麼招生了嗎？」

「哦，我昨天才正想請教妳呢！妳們以往都是怎麼做的呢？」阿鎧很高興芮琪主動關心他的副隊長職責。不過，芮琪的表情並不像是要提供建議。

「相信你也注意到了……我們隊上因為隊長齊霸和他的那一群跟班的關係，氣氛很緊繃，所以上學期加入的新人都退出了。現在也已經是社團申請的倒數最後兩週，同學們多半都有自己想加入的社團，很難再找到新人了。我覺得阿弘教練把這件事交給你，無疑是個燙手山芋啊。」

「啊……可是阿弘教練是真心希望球隊壯大，才希望招生的不是嗎？」

04 招生問題多

阿鎧對於芮琪的形容有些難過。難不成，教練把這種「不可能的任務」交給他，是別有用心嗎？

「我不是那意思……阿弘教練是個好人，不過他總是太積極，希望讓我們學校去參加跨縣市比賽，才會看不清現實。其實，全校也都知道我們棒球隊打不出什麼名堂。」芮琪老成而冰冷的口吻，讓阿鎧呆住了。

「也沒必要這樣說教練吧……我想，教練只是希望能讓更多人來打球，把學校設立棒球隊的用意發揮到最大而已。」

「你真的很樂觀。」芮琪露出一個深遠的微笑。「這樣很好，我很高興……至少我們隊上還有一個肯傻傻付出的人。」

阿鎧搖了搖頭，被芮琪這麼稱讚一點也不開心，反而有種被潑冷水的感覺。

「芮琪學姐，我還以為……妳是經理，會願意幫助我。」

「我當然願意幫你啊！不然，你覺得我為什麼要待在這個打不出名堂、球員個性又難搞的球隊？」芮琪有些心酸地說。「我從國一就來當經理了，不過……很多事情，是無法輕易改變的。」

「以前，妳或許還可以這麼說……但現在，妳至少多了我這個幫手啊！」阿鎧激動地站起身。

圖書廳的同學與老師們都回頭望著他。阿鎧才發現自己一時失態，也不知道哪來的勇氣講出這麼有自信的話。

「阿鎧，怎麼了嗎？你們在說什麼？」莉莉老師驚訝地問。

「不……沒有。」阿鎧慌張地坐下，羞得滿臉通紅。

他眼角的餘光並沒有發現，芮琪正感動地望著他。

她露出了一個釋懷的微笑，輕聲說了。「那我們……就一起努力看看吧。」

⚾

隔天的掃地時間，一完成自己的工作之後，阿鎧就到學校行政大樓，申請張貼傳單。

傳單是昨天阿鎧和芮琪一起畫的，上頭很簡單地寫明了棒球隊招生中的

04 招生問題多

資訊，並留下教練聯絡方式、練習時間等訊息。

一件件地將教練交代的事情完成，阿鎧感覺心臟砰砰跳著，不只緊張，更充滿踏實感。他一向安靜內斂，不是師長會特別注意到的學生。如今被教練器重，阿鎧當然希望把事情做好。

他帶著微笑走過學校的每個公告欄，只要還有空位，他就將棒球隊的招生傳單貼上去，翠綠色的傳單印著阿鎧和芮琪用心製作的資訊。一想到這些傳單能帶來新球員，阿鎧就充滿了希望。

突然間，有人從他身後粗暴地搶走傳單。

「這是什麼？」一轉頭，只見隊長齊霸和他身後的跟班露出輕視的嘲笑。隊長瞄了一眼傳單。「你們還真的在招生啊？多此一舉了。」他將傳單塞給身後的隊友。「來，給你們看看吧，笑一笑。」

阿鎧想將傳單搶回來，但隊長和其他隊員只是嘲弄地把單子傳來傳去，故意不讓阿鎧拿到。

「還給我！」阿鎧覺得自己的怒火一觸即發，但他仍咬緊牙關，決定要先說明昨天的狀況。「昨天教練跟我說，要趁學期開始時，把隊上的空缺招滿。」

齊霸一聽，臉色大變。「聽你在騙人！這麼重要的事情，教練怎麼不找我辦？我才是隊長耶！」他咆哮道，用力將阿鎧推倒在地。

個子不高的阿鎧重重地摔在走廊地板，他用不屈的眼神望向隊長，火速地爬起來。

「有什麼意見，你儘管去問教練！」阿鎧咬牙忍耐著膝蓋的痛楚，瞪視著隊長。

這是他第一次對齊霸這麼生氣。

「哼！我才懶得管咧！什麼招生不招生的。」齊霸怒吼道，猛然把傳單撒在地上，一陣惡意的猛踩。他的鞋印落在阿鎧與芮琪精心製作的傳單上，一次又一次地踐踏。

身後的那群隊友，顯然也被隊長的暴怒模樣給嚇到了，但他們什麼也沒做。

直到隊長一票人轉身離開，阿鎧才默默地將散亂一地的傳單撿起來。走廊有許多同學過來圍觀，地板上剩餘的十幾張傳單全是隊長粗暴的腳印，破的破，髒的髒，都沒辦法再張貼了。

阿鎧感到很悲哀。難道，這就是他待的球隊嗎？

「沒關係，單子再去影印就好了。」一個男同學緩步走來，幫忙阿鎧撿傳單。對方有雙淘氣而聰慧的大眼睛，是英文課輔的分組組員——小飛。

「唉，他們那群人就是那樣，」小飛嘆了口氣。「所以我們學校才沒什麼人想進棒球隊。」

「真的嗎？」

「是啊……」小飛語重心長地說。「坦白講，我以前也是棒球隊的，但受不了他們那個樣子，就退出了。當時也有很多一心想打球的人，來了球隊只能坐冷板凳，又學不到什麼東西，隊上的風氣又那樣……」

大概是顧及阿鎧的心情，小飛沒有再講下去。而他所說的問題，芮琪也都提過，只是阿鎧沒想到，事情有這麼嚴重。

難怪大家知道有棒球比賽時，也不踴躍來觀賞，隊上的招生名額也一直招不滿……

然而，此時小飛的這番話，反而帶給阿鎧一個新的想法。

「小飛，如果我邀請你，再次回來棒球隊呢？」

「啊？」小飛瞪大眼睛。「呃……這麼說有點不好意思，但我不想回去。」

阿鎧並不挫折，但也不想放棄。他用清澈堅定的眼神望著小飛。「你現在也應該有在打棒球吧？可以幫我介紹平常對棒球有興趣的人嗎？」

05

河堤上的孩子

放學後，小飛帶阿鎧來到學校附近的河堤。

閃爍著夕陽光芒的河堤上，有一群自由自在的孩子正在打著棒球。因為是玩耍性質的練習，他們的氣氛比起學校的球隊還要輕鬆吵鬧，也歡笑不斷。每個人臉上都掛著興奮的笑容，不論是打擊者、守備者，大家都充分享受著球賽。

「哈哈，又是那招，阿里你永遠只會這招。」

「笨蛋，有用就好了啦，瞧我的旋風大龍砲！嗶！」輕鬆的玩笑話之間，球賽順利地進行。即使是方才才來到這個場地，阿鎧也能輕易地察覺，這群男孩感情非常好。他們有些年紀比他小，都是同校一年級居多，只有少數幾個是二年級的學生。

「因為可以自在地打球，所以大家都會來這裡。」小飛介紹道。

「希望他們會有人想加入棒球隊。」阿鎧對自己的說服力沒什麼信心，聲音也有些小聲。

他在腦中分析了一下球隊的好處，有教練指導、有免費的球具和場地、有比賽的機會，想了一想，還真不少。

05 河堤上的孩子

「哦，那不是棒球隊的阿鎧嗎？」場邊的幾個男孩也注意到了他。他們不但叫得出阿鎧的名字，還帶著很感興趣的表情靠近自己，阿鎧不禁開心了起來。

「嗨！你們好。」

「你怎麼會來呀？想跟我們一起打球嗎？」男孩們提出邀約。

「可……可是我打得不好喔。」阿鎧苦笑地說。

「你不是副隊長嗎？竟然打得不好。」男孩們沒什麼惡意地反問。

「哈哈，」阿鎧露出率真的笑容。「雖然我打得不好，但喜歡打球。」

「不會啦，能當副隊長一定是有兩把刷子的。還多說什麼？一起打吧！」

阿鎧心底暖暖的。他想，他們隊上一定就是缺了這種感覺，才會常常吵架。

一連五天，只要棒球隊沒有練習，阿鎧都會到河堤報到。男孩們會跟他聊棒球隊的事情，而阿鎧也據實回答。

「我們隊上的其他球員，是稍微強勢了點，不過，教練是很好的人。」

阿鎧總是實話實說，他並不急著向這些同學招生。相反地，阿鎧認為自己是來跟他們學習的。

「如果我學到越多東西，將來也可以分享給棒球隊的朋友。」他認真地想著。

就這樣，阿鎧一連好幾天都在河堤與學校兩邊跑，大量的切磋練習，讓他的球技不知不覺也突飛猛進。假日時，阿鎧也沒閒著，每天都從家裡慢跑到學校。

「我加入球隊，就是要來好好打球，讓球技進步。」每當累得想放棄時，阿鎧總這樣勉勵自己。

而當他在河堤的球賽接到一記高飛球時，阿鎧傻傻地望著手套裡的球發呆，自己都不敢相信。

「傳啊！阿鎧！快傳給二壘！」同伴們紛紛替他叫好。阿鎧這才回過神，全身的血液都沸騰了起來。

「原來，我真的有進步！」當阿鎧投出的球飛馳在場上時，他甚至感覺自己的身體越來越輕，也不像以前那麼容易分心和疲倦了。

而在學校練習時，雖然阿鎧坐板凳的機會仍不少，但在基礎動作練習時，教練親口稱讚他的次數也變多了。

「阿鎧，很棒耶！你的動作越來越俐落了！」

「謝謝教練！」阿鎧發現自己比以前還要容易在練習時微笑，因為他真的進步了。知道自己能夠不斷的往前進，讓阿鎧很安心。

「哦哦，帥耶！阿鎧！」在河堤打球時，男孩們紛紛替阿鎧鼓譟叫好，也有越來越多人會來和他討論球技。

「我們教練說，打擊的時候可以這樣做……」阿鎧也大方分享教練指導他的技巧，將棒球隊的好處傳達給男孩們知道。

「你還滿厲害的嘛。」一天在練完球回家途中，小飛拍了拍阿鎧的肩。「現在因為你的關係，對棒球隊有興趣的人越來越多了。」

阿鎧仍舊露出有些沒自信的笑容。「是這樣嗎？應該是因為我們教練的教法很實用吧，聽到大家說想一起到隊上練習，我很高興。」

「也算我一份吧！」小飛陽光一笑。「雖然我還沒決定要不要加入棒球隊，但有教練和你在，好像也不錯。」

「那下次你們一起來隊上練練看吧，我會跟教練說一聲！」阿鎧興奮地高聲叫道。

「笨蛋，瞧你高興的！」小飛哈哈大笑，也不禁被阿鎧對棒球的熱誠所感染。

「不過……我還是想知道，如果我說服大家加入棒球隊的話……我們真的有機會打那種高規格的大比賽嗎？畢竟只在河堤玩玩的感覺，跟大比賽絕對不一樣！我也想享受被觀眾盯著看的刺激感覺啊！」

「比賽啊……」阿鎧靈機一動。「對耶，加入校隊的話，打大比賽的機會絕對會變多的！」

「是啊，幫我跟教練確認看看吧，大家可都是很想上場呢！」小飛興奮地再度提醒道。

恰巧隔天沒有校隊練習，阿鎧決定打鐵趁熱，今天就到教職員辦公室找阿弘教練討論。

但放眼望去，白板上的教職員座位表中，完全沒有阿弘教練的名字。

「哦，阿弘教練……他是學校外聘的教練，並不算在本校內部人員之中，所以他是沒有辦公室的。」莉莉導師解釋道。

05 河堤上的孩子

「那阿弘教練平常都把自己的東西放在哪裡呢？難道他不需要寄放球具嗎？」

「大概跟你們學生的東西一起放在棒球隊的社窩吧。」莉莉老師也一知半解。

當他追問下去時，阿鎧才驚訝地瞭解到，原來阿弘教練甚至不住在市區。每次練習，他都是開了大老遠的車，從隔壁的城市來教他們打球的。

「不知道阿弘教練平常白天都在做什麼呢？他有自己的工作吧？跟教練相處了這兩週，完全沒聽教練談起他自己的事……」阿鎧感到一陣空虛，每次社團課，教練看到阿鎧都很興奮地分享所學，甚至會陪阿鎧聊聊班上的事情。反倒是阿鎧，對教練的事情連問都沒問。

莉莉老師將阿弘教練的電話給了阿鎧。而阿鎧將電話紙條捏在手心，無精打采地漫步回教室。

他是不擅長講電話的孩子，很多事情一透過電話去講，阿鎧便容易變得緊張兮兮，他心煩意亂，正疑惑著該怎麼辦。

一陣輕盈的樂音，隨著午後的光線流瀉而下。這似乎是管弦樂團的合奏，充滿層次的美妙音符，像一幅無形的電影場景，讓阿鎧彷彿瞬間進入了充滿陽光與芬多精的深邃夏日森林中，心情也輕鬆起來。

「是哪些人在演奏啊？」阿鎧抬頭尋找著聲音的來源，發現樓上正是音樂教室。

音樂教室位於行政大樓的頂樓，他平常很少來到這裡，根本不曉得學校裡還有這麼個地方。

反正也已經是放學時間了，阿鎧悄悄地爬上樓梯。頂樓的景緻真是讓人心曠神怡，無論是阿鎧的教室大樓、操場、福利社、游泳池，校園各角落都盡收眼底。阿鎧逛著逛著，望進鄰近音樂教室的窗戶。

擔任指揮的老師正在階梯式教室的底端帶領同學演奏。

而音樂教室與其說是個「教室」，倒不如說是個美麗的木造禮堂，古典的氛圍讓阿鎧打從心底羨慕。

「音樂班不愧是我們這間學校的知名招牌，連用的教室都好高級喔！咦？」他的餘光掃到了一個角落中默默演奏的女孩。

是芮琪，她正在坐在角落，演奏著大提琴。

05 河堤上的孩子

芮琪那嬌小的身形，幾乎被其他高大的同學給擋住，但阿鎧一眼就認出她綁得工整無比的公主頭長髮、樸素的細框眼鏡，以及芮琪那微微駝背而沒有自信的模樣。

此刻的芮琪正皺著眉，肩膀繃得緊緊的，彷彿是個溺水的人，而胸前的大提琴是她的浮木一般。阿鎧再怎麼不懂音樂，也看出此時的芮琪，並非放鬆地在享受音樂。

相反地，她毫無自信，似乎也跟不上同學們的演奏步調般，連額角都吃力地冒汗。

「各位同學，休息五分鐘，趕快去洗手間，回來後老師要加強你們的低音部分囉，特別是大提琴的部分！」嚴肅臃腫的男老師板著臉，當他點到芮琪的大提琴時，一旁的同學露出無奈又厭煩的眼神，彷彿擺出這種表情，已經是種集體的默契。

「真是的，又拖累我們了，誰叫她一有空就往棒球隊跑，老愛缺席練習。」

「啊就有人喜歡被棒球隊的一群男生包圍啊！跟我們這群女生在一起，

她又會嫌煩囉！」幾個外貌姣好的女同學嚼著舌根，高亢的聲音與尖銳的言詞，絲毫不怕被旁人給聽到。

不……她們簡直像故意說給身後的芮琪聽的。

芮琪眼眶泛紅，轉身就奔出教室。一出門，正好和阿鎧撞個正著。

「你……走開啦！」芮琪的臉色從驚訝轉為難堪，推開阿鎧就往樓下跑，幾乎像是逃跑般，踉蹌地躍下樓梯。

「等一下！」阿鎧替芮琪擔心，連忙追了上去，而芮琪一察覺阿鎧在身後，跑得更加厲害，裙下的白皙雙腿猛力往前衝。

「好快……怎麼這麼快！」阿鎧很驚訝，眼前的弱女子竟然有這種飛羚般的速度，比起方才坐在教室中僵硬抱著大提琴的模樣，真是判若兩人。

「芮琪！等等！」阿鎧這一喚，似乎是讓芮琪分心了，她一回頭，腳踝便撞上了資源回收筒。芮琪整個人倒栽蔥地隨著離心力翻了過去，一頭撞在筒子上。

回收筒的蓋子歪了，飲料瓶全砸在芮琪身邊，也滾到追來的阿鎧腳邊，差點讓他滑倒。

05 河堤上的孩子

「妳……妳沒事吧……」阿鎧想扶芮琪起身，卻又不敢隨意伸手碰女生。

「都是你害的！追過來幹嘛？」芮琪凶巴巴地說著，臉都氣紅了。

「對……對不起，我是擔心妳啦……」

「你為什麼又會到這裡來？特地來偷看我的嗎？」芮琪繼續凶惡地質問著。

「不……我是到樓下的教職員辦公室找人，聽到音樂聲，不知不覺就走上來了……」

「如果你是擔心我的話，大可不必了，每次做合奏練習時，我聽到的閒言閒語可不是剛剛那些，自己實力不如人，我也沒什麼好說的了。」

「不……她們這樣，太過分了！」阿鎧搖著頭，雙手憤慨地握拳。「雖……雖然我不懂音樂，可是同伴本來就應該要互相幫助，而不是在背後說那些傷人的話！先前妳渾身溼透，頭髮上還有落葉，該不會也是她們故意欺負妳吧？」

「你……」芮琪本想反駁罵人，又不甘願地將嘴邊的話停住了。「她們偶爾就會找機會整我，說欺負倒不至於啦，我才沒那麼脆弱！」

「那妳有受傷嗎？」阿鎧望著被芮琪撞倒的資源回收筒。

「沒啦！」芮琪抬起聲調，視線充滿炙熱的抗議。「我……我只是想出來透透氣而已。再說，你插手我們班的事情幹嘛？從國一開始，我就一直忍受著那些人，那些人也一直忍受著我，好不容易撐到國三，我也再幾個月就畢業了，我怎麼樣根本不勞你費心！」

想不到這個看似嬌小又柔弱的女孩，數落起人時，倒是如此不留情。阿鎧被說得啞口無言，他知道芮琪是因為自覺難堪、所以才這麼愛面子……

阿鎧默默地撿起地上的空罐子，將被撞倒的資源回收筒扶正。雖然無法說什麼鼓勵芮琪的話，但看到眼前有能幫忙的事，他便默默做了起來。

芮琪站在原地沒有移動，反而嘆了長長的一口氣。「你還在這裡幹嘛？趕快走，這些我自己撿。」

阿鎧不忍心就此離開，但怕芮琪又生氣，因此也閉口不語，繼續撿著罐子。兩人間充滿了寧靜的尷尬，直到樓上傳來指揮老師的聲音。

「同學們，集合喔！開始練習吧！大提琴手呢？先來就位！」

聽見集合的口號，芮琪像失了魂般，臉色慘白，轉身就要走。

05 河堤上的孩子

「啊……」誰知道，她一移動步伐，就痛得彎下腰來。

「妳沒事吧！」阿鎧連忙衝上前扶住她。「唉，果然是剛剛跌倒時扭到腳了，我送妳去保健室吧！」

「你剛剛沒聽到嗎？我都被老師點名了，馬上就得回去練習。」

「不！妳得去保健室！」阿鎧這次很堅持，目光如炬的他，眼底浮現出擔憂。

06

阿弘教練的計程車

幸好大樓的一樓就有保健室，阿鎧攙扶芮琪走進去，保健室老師立刻檢查芮琪的傷勢。

「哎呀，扭得好嚴重呢！都腫起來了，這位男同學，你先去幫老師拿冰敷袋來。」老師的長髮紮成俐落的馬尾，輕聲細語的態度讓人的情緒和緩不少。「要不要喝杯紅茶？」

「沒想到還有紅茶可以喝啊！」芮琪開心地要坐起來接茶杯，立刻被老師按回沙發上。

「乖，妳半小時內哪裡也不要去，乖乖在這邊冰敷，扭傷還硬走，會有後遺症喔。」

保健室老師打了通電話到音樂教室，通知指揮老師芮琪的傷勢之後，芮琪顯然鬆了口氣。保健室老師甚至貼心地親自回音樂教室，替芮琪把大提琴拿回來。

此刻的芮琪坐在沙發上，冰敷袋按在腳踝上，神色安定多了。「謝謝你們，至少我現在不用去練習了。」

「芮琪，妳這麼討厭練習啊？」阿鎧低聲問。

06 阿弘教練的計程車

「不……我是討厭和那些人一起練習。」芮琪語重心長地說。

「先前……我在走廊上撞到妳，妳感覺剛從水溝爬起來……」

「你何必一直提這件事呢？」芮琪怒目注視著阿鎧。

「因為……這種事，我以前也遇過。」阿鎧真誠的自白，讓芮琪的神色緩和了下來。

「被你撞見的那一次，她們趁我到外掃區掃水溝時，從後面推我……先前這事也發生過。」芮琪低著頭，似乎在迴避著阿鎧的目光。

「這很危險啊……難道妳班導都不知道嗎？」阿鎧熱心地追問著。

「他已經是中年老爺爺了，根本不管事，再加上沒有證據，根本沒辦法……」芮琪越說越小聲，似乎怕保健室另一頭講電話的護理老師聽見。

「算了啦，我早就放棄了，反正我自己也技不如人，被討厭也沒辦法。」

「剛剛不小心聽到她們說……妳常常都為了協助棒球隊練習，而沒有參加合奏……」阿鎧試探地問著。「是真的嗎？」

「嗯，跟她們上一整天的課已經心情不好了，只想去讓自己感覺自在的地方啊。」芮琪苦笑。

「但合奏也是很重要的啊……妳們不是有什麼畢業公演的嗎？我是看學務處外面的海報才知道的。」

「用不著你來告訴我！」芮琪突然高聲反駁道，眼神充斥著怒火。

阿鎧停止說下去。

「那……我先走了，反正也放學了，留在這邊也沒什麼意思了。」阿鎧也有些動怒了，起身拿起書包。

阿鎧的眼角餘光，可瞥見芮琪的表情轉為驚訝。就這樣把受傷的她一個人留在保健室，或許有些殘酷。

其實，阿鎧明白芮琪只是嘴硬又愛面子，看似文文靜靜的一個音樂班女生，不但有著飛毛腿，更有這種硬底子的個性，想來也十分有趣。

芮琪欲言又止，懊悔的表情寫在臉上。

「妳……有什麼話要問我嗎？」阿鎧在門口停了下來。

「你……」芮琪像是想起了什麼。「你剛剛到底在我們教室外面幹嘛？」

「我來一樓的教職員辦公室找教練啊，結果我們班導告訴我，說教練是外聘的，學校裡根本沒有位置給他辦公，他只有練習時間才會出現……」

06 阿弘教練的計程車

「哦，我知道教練現在在哪裡。」芮琪彆扭地說，眼神已經沒有方才的倔強。

⚾

兩人搭著電聯車，坐了兩站後，便來到隔壁市區的火車站。車水馬龍的市區街道上，芮琪靈巧地移動著方才扭傷的腳走在前頭，步伐正常，根本看不出來方才還曾痛得不良於行。

「奇怪，現在一點也不痛了……」她微笑地說。

阿鎧有點擔心地提醒道。「保健室老師說要避免走……」

「她是說走樓梯，我現在只是走幾步路，去回程都坐火車，安啦。」芮琪打斷阿鎧的話。

「看你那麼想知道教練在哪裡工作，就只好帶你來了。」她伸手指向火車站外一排排的計程車。黃色車陣為數驚人，正排著隊一一等待，傍晚的暑氣仍十分炎熱，不少運將都出來納涼，抽菸的抽菸，聊天的聊天，也有人喝著可樂消消暑氣。

阿鎧瞪大眼睛。「咦？難道，教練……」

「教練白天的正職是開計程車沒錯。」芮琪點著頭。「他平常都是這樣，開著車橫越大半個縣市，上交流道來到我們學校，等結束之後，就開到火車站，用半價順風車的價格，載客回家。」

「教練好辛苦啊……」阿鎧放眼望去，很難想像這些運將平常都得蜷縮在小小的車體內一整天。

「先前教練還有負債的時候，連晚上都開大夜班，那已經是我國一的事了。」芮琪冷靜地描述著自己所知道的情況，讓阿鎧越聽越敬佩。芮琪不愧是隊上最資深的經理，連教練的事都知道得這麼清楚。

由於阿鎧把寫著教練手機的紙條忘在保健室了，兩人便挨著一台台計程車，走過一個個運將的站崗點，尋找教練的身影。

「奇怪，沒有耶……」阿鎧嘆氣。

「會不會是剛好載客出去了？」芮琪仍沉得住氣，神色自若。「哦，我想到了！教練平常也會在後站出口的招呼站排隊，我們去後站吧！」

06 阿弘教練的計程車

兩人換了個方向前進，很快便抵達人來人往的後站。這裡緊鄰夜市，似乎跟前站一樣熱鬧。此時又是下班時間，乘客流量大，計程車一台台不斷地往前開，後頭的計程車很快便輪到了前面，排隊依序載客。

此時，阿鎧發現有台計程車明明快輪到自己了，卻轉彎繞了一大圈，重新回到隊伍後方，簡直像不願意載客似的兜了一圈。

一回到隊伍的最後方之後，這輛計程車便熄火了。

「大概是體力不支、駕駛還沒睡夠吧。」芮琪解釋著。「若是昏昏沉沉的，載客也很危險，乾脆回到後面去打盹呢。」

阿鎧與芮琪把每輛車巡了一遍，來到最後一輛計程車前，往車窗內一望，這才發現……

原來方才芮琪所提到的、體力不支的計程車司機，正是阿弘教練。

教練一臉倦容，緊閉雙眸，仰躺在前座上補眠。

暑氣蒸騰的車陣中，大概是為了省電省油，教練連冷氣都不敢開，只能克難地窩在車中睡覺，額頭上的瀏海也早已汗濕，車上凌亂地放著廉價的便當與飲料罐。

「教練……」看到眼前這個疲憊狼狽的中年男子，與平常在紅土場上精神奕奕的教練大相逕庭，阿鎧感到一陣心酸。

「原來教練平常都這麼辛苦啊……」

「而且，聽說我們學校每學期只給阿弘教練社團指導費幾千元，折合起來，換算成油錢，也只能勉強抵銷，根本算不上什麼收入。何況，教練來教我們的這段時間，他完全無法開計程車，反而是犧牲他的工作時間來指導大家。」芮琪說著說著，神情除了感恩，更有無奈。

「唉，教練簡直把我們的校隊，當成志工服務在經營……」阿鎧感慨萬千。

教練年紀已過人生半百，已經是可以享福的年紀了，卻每週花四天來指導他們棒球，假日還要出席友誼賽。而隊上的球員不但一點成績也沒有，還一盤散沙，整天吵鬧不休……

何況，光是在這個克難的工作環境中吃與睡，就讓人感到壓力倍增，看到教練在車內痛苦昏睡的模樣，阿鎧真擔心他中暑。

「要不要叫醒他啊？」芮琪回頭望向阿鎧。「看他累成這樣……」

06 阿弘教練的計程車

就在兩人為難之際，教練大概隔著眼皮感受到了芮琪與阿鎧的目光，昏沉沉地醒了。

「咦……啊！你們怎麼在這裡？今天沒有社團課吧？是教練記錯了嗎？」

「不、不！教練您別慌啦，」芮琪說。「阿鎧說有事情想今天問你，又把你的手機號碼給弄丟了，我們乾脆就來這裡看你。」

「咦？出了什麼事了嗎？隊上有人怎麼了嗎？」教練驚慌地坐起身，大概以為兩人有什麼急事才風塵僕僕地過來。

「教練，因為我遇到了一票喜歡打棒球的同學，他們想知道入隊之後，能不能打到大比賽……我擔心他們反悔，想趕快來問您……」阿鎧說出自己的來意。他大可將這個問題憋在心中，等明天再問。

然而，招生的事情帶給阿鎧不少壓力，心中有懸而未解的難題，更讓他如坐針氈，怎麼可能等到明天呢？

再說，新隊員的加入與否，似乎是目前棒球隊最大的重心……

「哈哈哈哈，原來是來問我新隊員的事情啊！」弄懂阿鎧的來意之後，教練哈哈大笑，眼睛頓時變得有神了起來。「如果他們真的願意來的話，我會請學校幫大家訂做制服，原本因為人數不足而無法報名的市長盃、全市棒球聯賽也因此有希望了！能不能打到決賽我還不敢說，但預賽是有辦法的！」阿弘教練興奮地分析道。「當然，這還要看看新成員的素質與配合度了，如果像目前隊上這種風氣，恐怕還是比較困難……唉，別在這裡說話了，多熱啊。」他看了看手錶，瞪大眼睛。「天啊！都晚餐時間了。教練這就去停車，請你們吃晚飯。」

「咦！」阿鎧受寵若驚，恰巧也是晚餐時間，附近的夜市早就傳來各式食物的香氣，弄得他飢腸轆轆。芮琪則轉過頭，對阿鎧眨了眨眼。

「教練一看到你，就變得很振奮呢。他真的是心繫棒球隊的事啊！」

「希望我別讓教練失望就好了……」阿鎧雖然開心，也覺得肩上的責任更加重了一分。

從小到大，家人對他沒有過多的壓力，卻也沒有期許，只希望阿鎧健康長大，家裡有哥哥和爸爸撐著，平常也只是普普通通地上學，安安靜靜地過日子，阿鎧從沒想過，自己竟然可以如此受人器重，生活卻也多了許多責任

06 阿弘教練的計程車

和波瀾⋯⋯

「阿鎧，芮琪，來呀！」阿弘教練在前頭親切地招呼著，帶他們走進香氣四溢的後站夜市。

「你們想吃什麼啊？教練請客！」

夜市牛排、肉圓、蚵仔煎、可麗餅、日式串燒、紅豆餅⋯⋯琳瑯滿目的小吃雖讓阿鎧的口水直流，卻反倒讓他難以抉擇。芮琪則冷靜地掃視著眼前五光十色的各式招牌。

「教練，我們吃您推薦的就好了，簡單就好了。」她得體地笑笑。

「哦！好啊，教練很喜歡吃前面左轉的蚵仔煎，要不要一起去吃啊？」

「當然好啊！」兩人異口同聲地答著。教練興奮地指著各看板，看到兩個孩子熱得汗流浹背，乾脆先到枝仔冰攤位買了兩支酸梅冰，給他們解解渴。

「這間枝仔冰啊，做生意超老實，從教練在念高中時就有了，現在已經做到第二代啦。」

「哇！開了這麼久啊？」阿鎧瞪大眼睛。

「是啊，」教練像想起了光輝的歲月，目光閃閃發亮。「以前我們高中可是很強的，老闆還免費送我們冰，比賽完就可以看到一個大冰盒放在座位下，免費幫我們外送到球場喔！」

阿鎧可以想像，三十年前的教練穿著潔白棒球服與釘鞋，意氣風發的模樣……

「我們那時候啊，棒球風氣還不熱門，直到職棒開打，台灣的風氣才越來越盛……」

「教練，你跟那些高中時代的隊友都還有聯絡嗎？」

「唉，是有一些還在聯絡啦。」教練苦笑地搔搔頭。「但有時候……回憶就當作回憶比較好。」

阿鎧不太明白教練的話，而芮琪只是靜靜地吃著枝仔冰，彷彿對教練的話已有所體會。

阿鎧繼續追問著。「教練的意思是，您跟昔日的隊友都不再聯絡了嗎？」

彼此不聯絡，這該是多寂寞的一件事啊，阿鎧雖然朋友不多，但搬家之後自己倒也經常想起以前從國小玩到國中的朋友，他很難想像在教練漫長的人生歲月中，是用什麼樣的心情看待回憶的……

06 阿弘教練的計程車

教練始終瞇起笑眼，與方才計程車上痛苦昏睡的模樣截然不同。「以前我在我們隊上也曾經被球探詢問過呢，還邀請我去他們學校試打喔！」他的眼睛閃耀著青春的光輝。「當時我們隊上，只有我和另一位王牌球員有這種殊榮呢。最後，雖然我落選了，但他卻一路升到了棒球名校，參加了四十年前轟動一時的金龍少棒隊，之後又認識了很多貴人。人生啊……際遇真的很重要呢！」教練大概是想掩飾內心的酸楚，刻意露出特別燦爛的微笑。「不過，我自己球技不如人，當時的個性又很害羞沒自信，也是沒辦法囉。」

阿鎧與芮琪互看了一眼，氣氛因教練自嘆弗如的一番話而變得凝重起來，他們兩個卻完全不知道該說些什麼安慰教練。

「教練您現在也過得不差啊。」阿鎧硬是開口試著緩和氣氛。

「不，差遠了……」教練發出重重的嘆息。「有些人啊，發展得比我好多啦，還去過職棒當助理教練，常常被電視機鏡頭拍到呢。有些人啊，則是跟我一樣從事棒球教育，但他們運氣更好，挖到了金礦。」

「咦？什麼金礦？」阿鎧瞪大眼睛。

「哈哈，就是挖到好人才啊。」教練回答。「他們訓練出年輕的投手，參加世界青少棒錦標賽。看著那些球星投手在電視上接受專訪，不斷感謝教練，真是讓人鼻酸又羨慕啊。能當球星的人，果然都很知道感念，懂得飲水思源，現在他們也從世界青少棒開始，一路發展得很好……」

「哇，好厲害啊！世界青少棒錦標賽！台灣一直都有這個選拔啊，算是中華隊的前身，他們的年紀也不過跟我們差不多，卻是未來的國家戰將呢！雖說世界青少棒錦標賽已經在二〇一一年停辦，但它造成的效應還真不小！」芮琪深知這種球賽的選拔水準，眼睛頓時亮了起來。

「是啊，是很厲害沒錯……」教練的眼中流露出讚許，卻也帶著幾分矛盾。「可惜，與我無關啦。現在的我啊，只是個計程車運將，偶爾能去學校看看你們打打球，也就夠囉。對於出名什麼的，或訓練出優秀的選手……教練對自己早已不抱期待了，哈哈……」

「教練……」阿鎧感到很心疼。教練的神情像是蒙上了一層灰般，又黯淡了下來。

但阿鎧仍不死心地追問。「但是……我們隊上也是有很強的選手啊！像隊長齊霸……」

06 阿弘教練的計程車

「齊霸那孩子，底子是不錯，但他那種態度，別說上棒球名校了，未來跟人磨合都有問題了。」阿弘教練苦笑道。「我看他從國一打球到現在，進步也有限，待在我們這種普通的小學校裡稱王是不夠的，這種驕傲的球員，就該由更厲害的球員來與他相互砥礪，有如瑜亮之爭，反倒容易進步。」

芮琪相當認同地點點頭。

「只可惜，我們隊上完全沒有這種的球員啊……」教練嘆息道。

阿鎧自己也只是個剛從打擊學起的門外漢，面對教練這番否定的話，感到失落無比。原來教練期待的是那種球技高超、足以與隊上王牌齊霸互相牽制、砥礪的球員……而自己終究不是這樣的人。他連球都打不到了……

「眼下，只能把招募球員的事情做好了。」阿鎧雖然有些氣餒，腦子卻恢復了鎮定，積極面對著當下球隊最大的難題——招生。

07

打擊女王

　　吃完了氣氛不如預期的夜市晚餐，教練堅持要開計程車送阿鎧與芮琪回到他們的城市。三十分鐘的車程中，教練似乎還對過去意猶未盡，繼續談著自己的風光事蹟。

　　「我以前是盜壘王，教練每次都吩咐我許多手勢，只要他和隊友一個眼神，我一秒鐘也不浪費，馬上拔腿就衝，能盜幾壘是幾壘！哈，也因此，膝蓋受了點舊傷，名校的選拔才會落選……以前的保健醫學常識不發達，也沒有這麼多營養品可以補充，身體素質不夠好的球員，就會因為受傷而終止生涯……」五味雜陳的描述，讓阿鎧聽得津津有味，而芮琪則像充滿心事般，只望著車窗外飛馳而過的夜景，沉默不語。

　　「芮琪，妳怎麼啦？」

　　「我在想……」芮琪低聲地說。「未來三十年後的我談到音樂時，是不是也會跟教練一樣，對過去抱有一些遺憾呢……」

　　「所以妳現在更要加緊努力，盡力學音樂啊！」阿鎧趁機鼓勵道。

　　「不過，三十年之後的我，好難想像喔，哈哈，一定是個皮膚皺巴巴的老太婆囉。」

07 打擊女王

「不，搞不會是充滿權威、穿著漂亮禮服的大提琴女演奏家呢。」阿鎧朗聲鼓勵道，芮琪也不禁露出感動的笑容。

但下一刻，她又故意做出緊繃的表情，反駁道：「哼，你啥時變得這麼會說話啦！」

阿鎧也不知道自己怎麼了，原本支支吾吾的口條，竟變得如此真誠而流暢。大概是因為不希望芮琪心情不好吧。如果說一句話能讓人轉變想法，那阿鎧當然願意成為這種使人愉快的人。

或許也是因為有兩個孩子的陪伴，教練心情舒緩不少，他開啟收音機，跟著廣播一起唱起台語老歌，芮琪與阿鎧則在後頭為教練渾厚高亢的歌聲而驚訝不已。

「教練，唱得很好耶！」芮琪瞪大眼睛，完全不敢相信。

「哈哈，不要騙教練，這樣會讓我想多唱幾首喔。」阿弘教練再度恢復了開朗的笑容。

一群人又笑又鬧地，回到了熟悉的市街。

「教練，送到這裡就可以囉！我家就在前面兩個路口。」芮琪認出了路。

「阿鎧會陪我回家！」

「咦？」阿鎧沒料到有這件事，一時反應不過來。「哦哦，好，我陪妳回家……」

「那到家之後，妳記得打個電話給教練報平安喔。」教練再三確認後，放了兩個孩子下車。

「謝謝教練，明天見！」芮琪與阿鎧向遠去的計程車揮手道別。阿鎧對於芮琪指名自己送她回家的舉動，則有些害羞。

「你……你可別誤會喔，我不是真的要你送我回家。」教練一走，芮琪又板起臉孔。

「那……那妳到底要我怎麼樣？」阿鎧一頭霧水。

「嘻嘻！」芮琪神祕一笑，露出一口潔白的貝齒。阿鎧還是第一次看到這個個性陰晴不定的文靜女孩露出這種俏皮可愛的笑容。大概是因為離開了學校、離開了音樂班的同學，她全身才會散發出這年紀女孩應有的抒壓神情。

芮琪轉身就走，制服裙也隨著她的一蹦一跳而散發出青春的氣息。「你陪我去一個地方吧！」

07 打擊女王

「去……去哪裡？」

「別問，跟過來就是了！」

「哦……」阿鎧摸摸後腦杓，疑惑地跟了上去。

兩人走向阿鎧並不熟悉的市街。晚間八點，這片住宅區已安靜下來，偶爾流洩出的鋼琴演奏聲，與鄰近住家的日常說話聲，舒緩地蔓延到阿鎧的耳畔。

「阿鎧……你身上有帶錢嗎？」

「咦？」阿鎧被芮琪突如其來的這麼一問，愣住了。「我只有帶爸爸早上給我的零用錢，兩百元。」

「嗯，兩百元應該夠了。」芮琪吐吐舌頭笑道。

「難道，我們是要去什麼需要花錢的地方嗎？」阿鎧更加緊張了。

才走過兩個街口，映入眼簾的竟是一處閃著霓虹燈招牌的大型商場，一樓擺著琳瑯滿目的商品與服飾。看來身為轉學生的他，真的對這個市區太不熟悉了。

芮琪帶阿鎧走上商場的二樓，雖然燈光明亮，但走廊卻有一陣濃濃的菸味飄了過來，阿鎧直覺自己不是很喜歡這種味道，皺起眉。

緊接著，一連串的砰砰巨響在耳邊接連爆出，嚇得阿鎧瞪大眼睛，環視四周。

原來，這裡是棒球打擊場！

一格格的鐵欄區分出不同的欄位，三五成群的客人正站在各自的打擊區包廂，對著機器投出的快速球揮棒。

在休息區的自動販賣機旁，有群穿著制服的青少年正在這裡群聚，其中也包含某些看起來不太友善的不良少年。

「放心啦，他們只是看起來壞而已，這裡是十八歲以下可以進入的健康場所，老闆娘也很熱情喔！」芮琪一副地頭蛇的模樣，熟悉而愉快地介紹道。

阿鎧真沒想到，芮琪這個音樂班的氣質女孩，竟對這種充滿陽剛氣息的地方如此熟悉。

「哦，老闆娘來囉，才說曹操，曹操就到。」芮琪笑咪咪地指著迎面走來的一個胖胖的捲捲頭時髦女性。她頭上綁著花俏的頭巾，戴著大大的金屬耳環。

07 打擊女王

「嘿！芮琪，這次總算把他帶來啦。」老闆娘一副已經對阿鎧的大名時有耳聞的模樣。看起來，芮琪似乎曾跟老闆娘提過他。

「是啊，今天禮拜五嘛，」芮琪微笑地望向阿鎧。「反正你明天不用上課，晚點回家應該也沒關係！」

「不，其實有關係。」阿鎧斜著眼回答。「我……我要打電話跟我爸爸報告一下。可是我手機沒電了……」

「哈哈哈，現在男孩子這麼乖的，還真不常見。」老闆娘笑著，大嗓門轟然大作。「室內電話借你用，去那邊打吧。」

「這邊啦！」芮琪大方亮出自己的高級手機。白色亮面手機殼，充滿優雅氣質。「我的手機借你打啦！來，這樣我也可以順便存你家的電話，對了，你的手機號碼也順便給我一下吧。」

「嗯……」沒想到竟然有女生主動說要存自己家中電話，這讓阿鎧羞紅了臉。

跟爸爸報平安後，爸爸說會請哥哥在晚間九點來接阿鎧回家。

「只能玩到九點啊？好吧，那得抓緊時間囉！」芮琪飛快地打量了器材櫃，熟悉地發揮出棒球經理的氣勢，抓起一支又輕又好打的球棒回到阿鎧身邊。「走，我們去九號區。」

「難道，妳要幫我做打擊訓練啊？」

「當然啊！」芮琪不耐煩地走在前頭。「不然每次練習時間，都得看你在那裡亂打一通，還要占用一個投手幫你丟球，隊員們只會越來越不爽而已！」

「原來……大家看我這麼不順眼喔！」阿鎧震驚地回答。

「好啦，不管怎樣，你都是要練習打擊的，快來吧！」芮琪豪氣地發號施令。「教練教你的要點，還記得嗎？」

「下盤蹲穩、眼睛平視前方，調整呼吸，手肘別過度用力，要從腰部開始旋轉力道……」阿鎧努力回憶著教練指導過的每個細節，專注望著前方。

「對面的機器要發球囉！看好！」芮琪在旁邊大喊著，清亮的聲音，吸引不少男生的側目，但阿鎧毫不分心，緊張兮兮地直盯著前方。

「啊！」一顆白球如閃電般投來，阿鎧忍不住大叫，死撐著眼皮不敢閉上。

07 打擊女王

緊接著，他用力揮棒！

「可惜！揮棒落空！」芮琪的士氣絲毫不受影響，繼續大聲加油道。「馬上又來囉！」

阿鎧這才發現，他根本沒有多餘的時間思考，只能逼著自己直視前方，大口呼吸，手臂則下意識地抓住投球節奏，不斷揮打。

一球、接著另一球……

再來一球！

終於，球棒傳出清脆的聲音。擊到球了！

「這裡沒有投手給我壓力，好像簡單多了！」阿鎧驚喜地跳起來。

「不要跟我講話！看球！」芮琪嚴厲地指導道，話都還沒說完，阿鎧連忙再度揮棒。

緊湊的訓練節奏，竟然生效了！阿鎧發揮了自己都意想不到的專注力，一球球地擊打，不管球棒有沒有打到球，他永遠將注意力馬上全數轉到下一顆球上……

打到球，轉眼間已成為一件不需大驚小怪的事，阿鎧調整著呼吸節奏，時而注意姿勢，謹記著教練指導的要點。

「手肘放鬆、憑著腰部的力氣……哇，又打到了！」

一開始只能胡亂打出界外球，漸漸地，阿鎧抓到了球路，擊出安打的球數也自然增多了。

「好了，休息一下吧。」芮琪望著打擊區對面的螢幕顯示器，回報阿鎧打出的成績。「這樣算進步很多了呢！」

下一局換芮琪上場，她毫不猶豫，也不焦躁亂喊，反而像隻寧靜的獵鷹般，從頭到尾，安靜無比。

渾身散發出凌厲的氣勢，芮琪抓住每顆球的來向，砰砰砰地接連打出幾顆好球。

「哇！」阿鎧在一旁看得熱血無比，激動地站起身。「剛剛那是全壘打等級的球吧！太強啦！」

「謝謝，但你安靜一點比較好！」芮琪似乎討厭有人在旁邊吆喝，如此回嘴道。阿鎧抿了抿嘴脣，才想乖乖坐下，芮琪又在下一瞬間擊出好球。

「哇哇！」他忍不住又驚呼。

07 打擊女王

看著這個音樂班女孩穿著制服裙打球，真是出乎意料。白天，芮琪的纖細手指才在拉著大提琴，此刻卻在夜晚的燈光下不斷擊出強勁的打擊，不禁讓阿鎧驚呼連連。

很快地，芮琪的局數也結束了。她恢復成原本的文靜面貌，小口小口地喝著礦泉水。

「超酷的，我第一次來棒球打擊場……」阿鎧苦笑道。

「少得意了！你是想炫耀說，自己第一次來就打這麼好嗎？」芮琪尖銳地叫著反問。

「我……我沒有得意啊。」阿鎧憨笑道。「我真的是第一次來嘛。」

「那下次還要來嗎？」芮琪問。

「當然！」

「呵，從小，我爸爸就常帶我來這裡練習打擊……」芮琪微笑道，在球場燈光的照耀下，她的側臉流露出幸福與暢快的抒壓表情。

「因此，我從不覺得打球是有壓力的事情，相反地，若累積了壓力，我就喜歡來這裡揮揮棒。」

「難怪，看妳拿棒子也很有架式。」阿鎧真心地稱讚道。

芮琪低下了頭，露出有些害羞的淺笑。「哪有啊！」

「那芮琪既然喜歡棒球，怎麼不進隔壁國中的女子棒球隊呢？」

「因為爸爸和媽媽都還是希望我學音樂，才要我來讀現在這間國中的音樂班。」說到音樂班，芮琪的表情又有些緊繃了起來。

看在阿鎧眼底，真是有些心疼。

「但……妳其實也不討厭音樂吧？」

「嗯，是不討厭……但原本不討厭的事情，遇到了討厭的人之後，也會變得討厭起來……」芮琪說出了一連串拗口的言論，讓阿鎧幾乎聽得「霧煞煞」。

「意思是說……和妳一起學音樂的同班同學，很討厭？」阿鎧問。

「當然啊！他們都是一群家世好、出身名門的有錢人，週末都在上高級音樂班、聽票價昂貴的演奏會，而我呢，週末只想好好看場球賽，出去走走……」

「可是，我不相信跟芮琪一樣出身的人之中，都沒有優秀的音樂家……

一定會有辦法的！」阿鎧回想著自己知道的幾個樂壇歌手，他們很多都來自於家境普通的家庭，卻也都會演奏樂器。「除非，是妳自己不想變強……」

「你憑什麼這麼說啊！」芮琪嘴裡反駁著，神色卻像被阿鎧說中了一般，震怒不已。

「哼！反正，我都已經國三了，爸媽也都知道我沒學音樂的天分了，接下來我只想唸間普通高中，過著一般人的生活！」

「意思是……妳要放棄大提琴囉？」

阿鎧的這句質問，讓芮琪沉默了起來。她臉上浮現出的陰霾，讓阿鎧深切地瞭解到——其實，芮琪並不想就這麼放棄大提琴。

「真是的，你每次都讓我的心情變差。跟你講話，超想吵架的。」芮琪壓低聲音，嘆氣道。「但……那是因為，你說的都是對的，而且，你也真的是為我好……」

芮琪的眼淚掉了下來。

阿鎧不知所措地起身。他想拍拍芮琪的肩膀，但他的手終究是暫停在空中，不敢輕舉妄動。

這個哭得梨花帶雨的女生，讓阿鎧又慌又亂。「對……對不起啦，把妳氣哭了……」他只能如此道歉。

「哦，小倆口在說什麼啊？竟然來棒球打擊場約會喔？」走廊上傳出一個熟悉的聲音。

是隊上的阿黑，他身後則站著高大威武的隊長齊霸，與隊上的其他球員。

沒想到，竟然在這裡遇到了他們。

08

巧遇隊長

「你們來這裡幹嘛？」阿黑繼續用嘶啞的變聲期嗓音問著阿鎧，身後的跟班們也步步逼近。

「咦？芮琪怎麼眼睛紅紅的？」眼尖的球員，立刻發現芮琪的表情不太對勁。

「你這小子！竟然把我們的經理給弄哭！」阿黑高聲嚷道，怒氣湧上臉龐。「說！到底發生了什麼事？」

「你們不用這樣啦！是我主動邀阿鎧來練習打擊的，畢竟，阿鎧再不趕快把基本功練好，也沒辦法對隊上有什麼貢獻啊！」芮琪急著替阿鎧辯駁，一時間，話也不禁說得絕了點。

阿鎧楞在原地，不知所措。難道原本的自己，有這麼差勁嗎？

「芮琪，妳已經為隊上做很多了，這種庸才，也不過是來幫大家撿撿球、倒水打雜的，不需要再帶他來訓練啦。」阿黑故意酸道。

「你給我滾。」齊霸冷冷地說著。「一個連球棒都拿不好的傢伙，還來這裡丟人現眼。」

「還給我穿我們球隊的制服，人家看到，還以為我們學校棒球隊程度都

08 巧遇隊長

只有這樣而已……」阿黑繼續幫腔道，伸手拉住阿鎧。「走啦，快點，接下來場地我們要用。」

「原本想來這裡玩玩的，看到你還真煞風景。」齊霸連看阿鎧一眼都不肯，緩緩地在場邊坐下，穿戴著他手上的高級護具。

「也不用趕他走啦。」芮琪溫和對齊霸說。「大家都來了，就一起練習嘛。」

看來齊霸對這個默默付出貢獻的女經理懷有一絲敬意，並沒有主動跟芮琪起衝突。

但他仍把矛頭對準了阿鎧。

「招生的事情，你辦得怎樣了？該不會，到現在還一個人都沒有吧？」

「我……我正在找人。」阿鎧據實以告。

「不必找了啦，根本不缺人。」阿黑仍舊氣勢洶洶，一副要將阿鎧撞倒的模樣。阿鎧只能防備地靠在打擊區的網牆上。

「總之，招生的事情是教練親口交代我的，當時你們也聽到了，若有什麼事情歡迎找教練本人溝通，除非教練要我停止招生，我才會停下手邊進行的事。」阿鎧鼓起勇氣，理直氣柔地說。

「你欠揍啊？跟我說什麼教練？想嚇我囉？」阿黑一面虛張聲勢地吼著，一面回頭望向隊長齊霸的反應。

齊霸依舊是不怒而威的模樣，並不像阿黑或其他隊友那樣暴跳如雷，而是沉默而輕蔑地打量著阿鎧，眼神彷彿在說：「你是什麼貨色？竟敢插手隊上的事。」

「喂，我們走吧，看到這傢伙就倒胃。」最後，齊霸冷冷地吐出這句話，將劍拔弩張的氣氛瞬間平息。

「今天看在隊長的份上，我就先饒了你！哪天被我看到你又在招生的話，我絕對揍你喔！」阿黑轉頭，不甘願地繼續威脅道。

「揍什麼？我什麼也沒做錯！」阿鎧堅持著，說實在的，他已經一肚子火，只是不斷按捺自己，才勉強能用平和的口氣說話。

他一直深信著隊上這些人只是欠缺溝通，並沒有惡意，但看到阿黑這種只想用暴力解決問題的態度，阿鎧心中起了一陣反感。

齊霸帶人下樓離開後，阿鎧與芮琪也無心再練下去，恰巧時間也已經逼

08 巧遇隊長

近九點了。

「我哥哥要來接我了，那妳呢？怎麼回家呢？」

「我自己走路回去就好。」

「太危險了啦。」

「才九點而已啊！」芮琪完全不把阿鎧的擔憂當回事，苦笑道。「我自己慢慢走就好了。」

「阿鎧！」才聊到一半，哥哥已經騎著單車出現在打擊場門口，身上全副高中制服與書包，看樣子才剛結束補習。

「哦？」哥哥一看到芮琪，便驚訝地笑出了聲。「阿鎧，原來你混得不錯，還有女生陪你打球啊？嗨，妳好，我是阿鎧的哥哥——阿殷！」哥哥熱情而大方的態度，也讓芮琪臉上掛起笑容。

「謝謝妳陪他練習啊！讓我們慢慢陪妳走回家吧，不然一個女孩子多危險啊！」哥哥阿殷弄清楚事情原委之後，也如此提議道。

「那就麻煩你們了。」芮琪甜甜一笑。

「等等，為什麼同樣一句話，我說的妳不聽，我哥哥一說，妳卻馬上就跟著走了？」阿鎧故意虧道。

「阿鎧，不要用這種口氣跟女孩子說話。」阿般微笑地阻止道。

「不愧是哥哥，就是有一種成熟的風度。」芮琪也故意回嗆阿鎧。

「是說，你的球技到底進步了沒啊？」阿般繼續與阿鎧閒話家常，話題中也問了芮琪一些球隊的事情，輕鬆自在地與兩人聊起了天。

涼風徐徐吹來，牽著單車的阿般，與阿鎧、芮琪漫步在夜晚的街道上。

「咦？芮琪！」巷口忽然有個渾身油煙味、看似家庭主婦的中年女子叫住芮琪。神色驚慌的她留著普通的短捲髮，看起來有些年紀了。

芮琪顯然也認識她，自然地停下腳步。「齊媽媽，怎麼了？」

「唉，我們家齊寶沒有跟妳一起啊？他說要去練習棒球，怎麼這麼晚還沒回來？」

阿鎧這才意會過來，眼前的婦人，竟是隊長齊霸的媽媽。

「原來齊霸在家裡的綽號，是『齊寶』啊，還真可愛。」阿鎧不禁笑了出來。看樣子，他跟媽媽感情應該不錯。

「剛剛我的確有遇到隊長，」芮琪有條不紊地據實以告。「不過，是快

08 巧遇隊長

九點時候的事情了，而且隊長他也沒有練球，只跟我們說了些話，就和阿黑他們離開了。」

芮琪頗聰明，已經省略了齊霸與阿鎧起口角的部分，怕齊媽媽擔心。

「真是的，齊寶吃飽飯就出門了，說要去練習棒球，結果……」齊媽媽憂心忡忡的神情，讓人有些不捨。看樣子她應該很信任齊霸，發現事實與孩子所說不符，才會如此擔憂。「齊寶他啊，說什麼比賽快到了要加緊練習，最近常常不在家……到底是在忙什麼比賽啊？」

芮琪與阿鎧面面相覷，因為他們都很清楚，最近才剛開學沒多久，社團都在忙招生，除了幾場簡單的友誼賽之外，根本沒有必須加緊練習的比賽。

「您打手機跟他聯絡了嗎？也可以打給他朋友問看看。」哥哥阿殷穩重地幫忙出主意。

「唉，早就打過了，但他都不接我的電話。這種情況已經發生很多次了！」齊媽媽握住芮琪的手。「妳老實跟我說，最近他們是在忙什麼大比賽嗎？」

「嗯……這個我會幫您問一下教練，畢竟我不知道之後有沒有其他的比賽規劃……」芮琪聰慧地展現拖延戰術，不說謊，但也不點破。

「我真希望，這孩子能夠去棒球名門高中讀書……但他也得多多參加大比賽，才有機會用體育保送的方式進去啊！他讀書太菜了，只能靠棒球了！」齊媽媽大概是過度憂心，也將自己的期望宣洩出來。「芮琪，妳一定要幫我跟教練說，讓我們家齊寶多多登場，多去參加能見度高一點的大比賽喔，畢竟球探們都會出沒在大比賽中，若能挖掘到我們齊寶……」

然而，高規格的大比賽豈是那麼容易就能參加的？教練今天也提過，目前尚有球隊人數與素質問題需要解決呢，阿鎧心想。

「知道了，齊媽媽，您不要擔心，我也會幫您跟隊長說的，隊長不會有事的啦。」芮琪的表情雖然有些為難，但也耐著性子安慰齊媽媽。

齊媽媽點點頭，又拿起手機轉往另一個路口，大概是要前往棒球打擊場親自找人吧。

看著她如此操勞的模樣，阿殷與阿鎧交換了一個同情的眼神。

「看來，齊媽媽真的把希望都寄託在隊長身上……」芮琪嘆了口氣。「也難怪啦，隊長的實力其實不錯，就差一些團隊合作的觀念，若多多參與比賽磨練心性，或許真能被保送到棒球名校。」芮琪不斷地用「隊長」一詞來敬稱齊霸，讓阿鎧聽了有些羨慕。

畢竟，在阿鎧心目中，他尚未把總是對他惡言相向的齊霸當作「隊長」般認同。或許，他也該試著多去瞭解這些人一點，多融入這個隊伍一些……

這個夜晚就這麼過去了。

阿鎧帶著深深的感慨，爬上了床鋪。「對喔，明天有棒球練習！」希望明天是充滿收穫的一天。阿鎧發現，自己已開始期待著練球時間趕快來臨。

「隊長！」練習時間，阿鎧試著用這個稱呼來呼喚齊霸，而他果然毫不猶豫地回頭。

「怎麼樣？想使喚我，你還早一百年咧！」齊霸今天說話特別衝，弄得阿鎧一頭霧水。

「我沒有要使喚你啊！只是跟你打招呼而已。」

「不必了啦，與其做這些表面工夫，不如去搬球具、擦手套，還比較實在！教練找你來就是要你打雜的，別搞不清自己的地位！」

齊霸一連串的語言攻擊，讓阿鎧怒氣攻心，同時也感到非常困惑。以往的齊霸雖然不喜歡阿鎧，但也不至於咄咄逼人，今天的攻擊火力特別強，想必是受到了什麼事情的刺激……

遠處穿著體育服的芮琪回過頭來，比了一個手勢，要他走開，別理齊霸。

「大概是跟昨天的事情有關吧，齊霸怕我們知道他家裡的狀況和家人的態度，謊言也被人拆穿了，因此才覺得抬不起頭嗎？」阿鎧跑到芮琪旁邊如此問著。

「最好不要一副交頭接耳、說三道四的模樣喔！」芮琪低頭整理著球具，冷靜地分析道。「你這樣馬上跑來詢問我，看在齊霸眼底，只是更惹人厭而已。」

「難道我做什麼都不對嗎？還得顧慮到他的心情？」阿鎧不禁口氣衝了點。「阿鎧，過來教練這邊！」阿弘教練朝他招手。

08 巧遇隊長

「你們昨晚後來遇到齊霸啦？」

「是啊。」

「好，詳細的事情，教練剛剛都聽芮琪說了，我們別在他面前邊講話邊看他，以免他更自卑了。你忙你的去吧。」阿弘教練溫潤平和的態度，讓阿鎧原本浮躁的心情也變得服貼起來。

聽到教練用了「自卑」這個字眼，阿鎧才醒覺過來。原來，昨晚齊霸意外讓自己長期說謊的事實曝光，一向驕傲的他，已心生自卑。

「其實齊霸一定很想打高規格的大比賽，才會長期對媽媽說那樣的謊……再加上此事又被我這個新人給知道了，難怪他反應特別激烈。」

從阿鎧方才接連與芮琪、教練說話的那刻開始，齊霸便以惡狠狠地眼神盯著阿鎧，似乎很在意阿鎧說了他什麼。

他也許是覺得阿鎧正在嘲笑他、同情他，因此才表現出那種矛盾的攻擊性態度。

接下來，為了怕引起任何誤會。阿鎧只專注地做自己的事，不再把焦點放在齊霸上，也不讓心情圍繞著這件事打轉。

相反地，阿鎧在教練的注目下，竟打出了一支標準的二壘安打。望著白球飛越投手丘、成了滾地球時，他自己都不敢相信。

「很棒耶！現在已經有得分潛力囉！」教練比阿鎧還開心，紅通通的臉笑得合不攏嘴。「看來這兩天你自己有再去練習吧？竟然開竅得這麼快！」

「芮琪昨天有帶我去打擊場，對著機器打比較不緊張，就掌握到要訣了。」阿鎧低調而謙虛地笑笑，不敢太聲張。

畢竟，現在一票實力比他堅強的球員都在看著他，阿鎧不願意表現得太自滿。

「很好，等你再練得穩定點，教練就可以派你上場囉！」阿弘教練認真地允諾道。

然而，在接下來的幾場友誼賽中，阿鎧幾乎都仍待在板凳上，根本不被算在重要戰力內。這樣的他，與始終是先發王牌的齊霸比起來，真是天差地遠。

09

新隊友的守備練習

雖然心底酸酸的，但阿鎧很肯定齊霸的球技。「他的確比我強……只是，齊霸表面上驕傲，私底下似乎也知道自己仍有地方要加強，才會對齊媽媽撒那種謊。」

每次賽後檢討，齊霸總是聽不進教練的話。教練說一句，他反駁一句。

「齊霸，下次不要在那種時候盜壘，很容易受傷的。」

「安啦，我今天也盜成功了啊！」齊霸回嘴。

再不然，齊霸一打完比賽就直接先離開，連賽後檢討會都不肯開，也不願聽聽教練的建議。

「教練，比賽完我就先走了，謝謝。」冰冰冷冷地丟下這句話之後，齊霸連球具也不會幫忙收，就拿著飲料與自己的東西走了。

「根本是早退嘛！」隊上其實也有人對齊霸的作風頗有微詞。

「唉，畢竟人家那麼強，有什麼好檢討的。」齊霸的跟班阿黑也故意放話道，這時，也總會有幾個球員點頭贊同。

「不，每場比賽大家都有需要檢討的地方，特別是你們最近老是輸球，還不肯虛心求教……這種態度，我很心寒。」教練的話一次說得比一次重。

09 新隊友的守備練習

不過，他卻沒有要求齊霸要留下來開會。

依教練的權威，應該是可以、也有必要這麼做的。為什麼卻不直說呢？阿鎧百思不解，便去找空地的朋友們打球散心，也將這番想法分享給自己英文分組的同學——小飛。

「哦，教練大概是怕把齊霸激跑了，球隊會更沒希望吧？」小飛輕描淡寫地說。「以前我還在球隊的時候，甚至覺得教練常常讓齊霸為所欲為呢！大概是不想把氣氛弄僵吧！何況齊霸耳根子很硬啦，就憑那幾句重話他根本聽不進去。」

「嗯……有時候覺得教練這種無所謂的態度，還滿麻煩的。」阿鎧不是在說教練壞話，只是自己難免也有無力的時候，需要教練的力挺與支持。

河堤邊的男孩們已經習慣了阿鎧的存在，而阿鎧到附近超商買飲料時也常常多買他們的份，也與他們一起練習守備技巧。

畢竟，棒球可不只是用棒子擊球那麼簡單。

「戴上手套後，你可以練習一下這個角度，每個人都會有自己適合的角度，內野、外野的守備方法也不一樣！」阿鎧接受幾位親切的同學指點，很快地上了軌道。他也將教練教導自己的方法融合同學的方法，彼此切磋研究。

「哇！就是這樣耶！太好了！」阿鎧瞇眼笑道。

阿鎧漸漸理解到，在棒球的世界中，守備就跟打擊一樣重要，畢竟唯有接住敵手的球，才能成功阻止對手得分。

一球一球打，一球一球投。平常步調徐緩的棒球比賽，看似沉悶，但只要一遇到打擊與守備的重大瞬間，球場上總會驚呼連連，腎上腺素狂飆，阿鎧很喜歡這種感覺。

棒球，跟他這個人倒也挺像的，平時節奏和緩，到了特定的時刻，才忽然帶起高潮。

「哇！跑啊阿鎧！衝啊！」今天，是阿鎧第一次打擊上壘，光會打擊還不夠，在對的時間點盡力跑，甚至找機會盜壘，才能替比賽增加了許多亮點。

在尚未轉到這間新學校以前，阿鎧平常就喜歡獨自慢跑，腿力也已在當時鍛鍊出來，遇到關鍵時刻，當然能有所發揮。

「哇！阿鎧一下就到二壘了喔！」小飛在自己負責守備的三壘上，驚喜地回頭叫道。「你可別想過來我這啊，我接球超快，你絕對來不及！」

09 新隊友的守備練習

「鹿死誰手還不知道喔！」阿鎧也與他開朗地抬槓道。

「話說回來，教練真的願意讓我們打比賽啊？」小飛問到了自己很關心的重點。

「不，應該是說，就是要有你們加入！我們才有籌碼挑選強大的一軍去報名全市聯賽啊！」阿鎧振奮地說道。

一群在空地打球的夥伴，聽了全都興奮地回過頭來。

「那我們會有正式的比賽制服嘛？」

「有啊，教練說絕對會給你們訂做制服！」

「唷呼，太好了！」眾人歡呼著。

阿鎧仰頭望著傍晚的天空，及伴隨著漫天紅霞的夕陽。雖然一身汗臭，身體卻感覺暢快不已，臉上的笑容也止不住。

原來，找到合適的夥伴打球，是如此舒暢又歡樂。阿鎧漸漸喜歡上棒球這個團體運動。彼此接應，裡應外合，輸了球就老老實實地檢討原因，大家彼此補強、理性分析，結束檢討後，再一起到超商湊折扣、買冰吃，各自回家。

這似乎是結束一天的最棒方式了！

阿殷在床上翹著二郎腿，嘴裡喀嚓喀嚓地吃著洋芋片，看到弟弟進門來了，便露出壞笑，故意將洋芋片藏起來。

「哥，我又不是為了吃洋芋片才過來的。」

「哦？那你是為了什麼才過來的？聊天嗎？」阿殷將洋芋片拿了出來。「開玩笑的，給你吃吧。」

「不用啦。我剛吃完晚餐，不想吃零食了。對了，爸爸什麼時候回來呢？」阿鎧問。

自從搬家、換學校之後，爸爸就早出晚歸，一週只有一、兩天能陪他們吃飯，想必是在適應新崗位的新工作吧。

「爸爸今晚應該也是要九點過後才能回家呢！咦？你好像曬黑了嘛？」阿殷露出驚喜的表情。

「這兩週來都跟大家在河堤打棒球。」阿鎧憨厚一笑。

「是棒球隊的人嗎？」

09 新隊友的守備練習

「不，但他們已經答應我要加入棒球隊了，說是先加入一陣子看看狀況再說。我們學校可供選擇的社團不多，這些愛打球的男生很多都胡亂填一個社團，卻在社團打混。經過我勸說之後，他們覺得打棒球也可以拿社團成績，又多了老師指導，也有比賽可以打，當然就答應了。」阿鎧露出安心的微笑。

「哇，你這個副隊長，拉人拉得很稱職嘛！」阿殷拍拍阿鎧的肩膀。「很好啊，國中時不盡力，升上高中後，就會開始對很多事後悔莫及喔！」

「咦？哥哥你有遇過這種情形嗎？」

「有啊，以前國中看到受歡迎的男生都去參加吉他社，自己明明也很感興趣，卻死撐著面子不肯去學，怕班上女生笑我醜男愛作怪，結果高中了才來學吉他，感覺上就跟那些從國中開始學起的人有所落差囉。」阿殷苦笑道。「還好勤能補拙，這學期的街頭演奏，我也能擔綱獨奏兩首曲子了。」

「哈哈，沒想到哥哥也有這些心事沒告訴我啊！」

「傻瓜，男人的心事就像酒一樣，是越陳越香的！」阿殷認真地板起臉孔。「在自己獲得深刻的領悟之前，怎麼能隨便告訴別人呢？」

阿鎧哈哈大笑。「希望有一天，我的心事也會越陳越香。」

「一定會的啦，等到十年後，你說不定根本記不起今天這些小煩惱了！就算想得起來，也只會一笑置之而已。」阿殷微笑道。「我國中的時候啊，常常寫日記、對自己訴苦，但事隔三年，就算看到當年的日記內容，也根本忘記自己當初為了什麼人、什麼事苦惱了！總之呢，只要每天都盡力地過，很多事情不需要太擔心的！」

「真的是如此……」阿鎧微笑道。想起這陣子為了招生，自己也忍了不少氣、受了不少委屈，直到今天聽到夥伴們親口答應入隊，緊繃的情緒才慢慢舒展開來。

此時，家中響起了電話鈴聲。

「阿鎧、阿殷，是爸爸啦，我今晚在宏美大飯店頂樓的商務中心接待外賓……」爸爸的聲音，聽起來一如往常的冷靜沉穩。「但爸爸的車子電瓶臨時沒電了，無法發動，偏偏我的手機和錢包都忘在公司……現在同事、上司們都回家了，這時間實在不好意思麻煩同事，可否請你們不要擔心？爸爸會慢慢走回家。這通電話是跟櫃台借打的。」

「宏美大飯店……那大概距離我們家有半小時的腳程喔！」阿殷回答。

09 新隊友的守備練習

「我偷騎機車出去載你啦，反正警察不會抓我。」

「沒有駕照就不准騎機車！你才十七歲，就想違法啊？」爸爸正直地在電話中訓斥著，阿殷只好苦著臉望向阿鎧，吐了吐舌頭。

「爸，還是我和哥哥一人騎一台腳踏車，去跟你會合？反正我們騎十分鐘就到你那啦！」阿鎧腦袋清醒，快速地分析道。「回程的話你就騎哥哥的車，我和哥哥雙載，這樣總行了吧！」

爸爸一開始還擔心兩個孩子的安危，後來想想這方法倒也可行，便答應在飯店門口等候。

「爸，你可千萬別自己先走喔，要乖乖在飯店門口跟我們會合！」

「知道啦。」電話那頭傳來爸爸欣慰的笑聲，兄弟倆這才匆匆抓起手機、外套、鑰匙、錢包，各牽了一台腳踏車出門。

夜晚的市區充滿沁涼的晚風，春末時節，總讓人神清氣爽。晚間十點，附近的街道也已經沒有什麼車了，阿鎧與阿殷沒想到突如其來的小插曲，竟然能讓兄弟倆有機會夜遊兜風，臉上都掛起笑容。

「不過老爸還真糊塗，怎麼會把手機錢包都忘在公司。」阿殷說。

「大概是因為最近真的太忙了吧，家裡前陣子忙搬家，後來又漏水整修，老爸平常還要照顧我們，漏東忘西也難免。」阿鎧成熟地回道。

兄弟倆騎過一條條街，很快地抵達爸爸的飯店。

遠看，穿著西裝打著領帶的爸爸的確已經站在飯店門口等他們了，還正在與某個穿著清潔工制服的婦人聊天，臉上湧現了不少笑容。

「是熟人嗎？」哥哥不解地問著，雙腳放鬆，讓單車繼續往爸爸的位置滑行而去。

「哦，我的兩個乖兒子來啦！」

「真羨慕你，落難了還有兒子來救。」婦人微笑道。

「阿鎧，這是爸爸剛遇到的齊女士，她在櫃臺打掃時聽到我的處境，一直說要掏錢借我打計程車回家，我跟她說兒子們會來接我，她還不放心，說這附近治安不好，所以一直陪我在這邊等。」

「咦……您是齊霸的媽媽吧？前幾天才見過面呢！」阿鎧立刻認出人來。

而穿著藍色清潔工制服的齊媽媽，掛上驚喜的笑容。「哦！是那天遇到

09 新隊友的守備練習

的棒球隊同學啊！」

「原來我們兒子在同個棒球隊啊！哈哈。」阿鎧的爸爸恍然大悟。「還真巧呢，有空可以一起來我們家坐坐喔！」

「呃……」阿鎧實在難以想像，不可一世的齊霸，出現在他家客廳的場景。

哥哥阿殷大概也明白是怎麼回事，臉上保持著禮貌的笑容。「齊媽媽，工作到這麼晚，真辛苦啊。」

「不會啦，今天至少不用上大夜班，等等再巡一巡，就能回家囉！不過……我下午就不在家了，不知道齊霸今天有沒有乖乖去練球，好好吃飯呢？」看得出齊媽媽心繫愛子，開口閉口總是這些煩憂，聽了讓阿鎧有些心疼。

齊霸似乎沒有跟媽媽好好溝通，連基本的吃飯、練球等事情都要媽媽操心。想著想著，阿鎧心中又湧起一陣莫名的心疼。

不過，貿然就對齊霸說教絕對不是個有效的辦法。畢竟阿鎧根本對齊霸的事情也毫不瞭解。

10

保守祕密

隔天，阿鎧到音樂團練教室等候，一看到芮琪，就把遇見齊媽媽的事情說給她聽。

沒料到狀況竟如阿鎧說的這麼嚴重，芮琪疑惑地皺起眉心。「我記得齊霸也是單親家庭，家計都要媽媽扛，媽媽要他好好練球，他應該自己也懂才對，畢竟齊霸是真心喜歡棒球沒錯啊。」

「妳的話他好像比較聽得進去，妳有空就問問他，勸勸他吧。」阿鎧正色說道，沒想到，芮琪聽到此話卻突然呵呵笑了起來。

「你剛剛說話的語氣……根本跟齊媽媽沒有兩樣嘛，你好像他媽媽喔！」

「胡說，我哪有像！」

「那種關心又嚴肅的語氣，根本一模一樣！」芮琪與阿鎧鬥嘴道，捧著肚子哈哈大笑，笑到累了才停下來。

「唉……」芮琪揉著眼睛，嘆了口氣。「跟你講話輕鬆多囉，剛剛你來找我之前，我們正在進行練習。」

「我知道啊，我在門口等到妳們指揮老師說休息，才叫妳的。」

10 保守祕密

「你還真貼心咧……」

芮琪說完這話，才發現真正貼心的在後頭。阿鎧手上拿著一袋零食和飲料，顯然是給她的慰勞品。

「這個是要給我的喔？」

「嗯！」阿鎧這才遲鈍地把袋子交出來。

「真是的，你倒是早點說呀！還要女生自己問！真是不紳士，好像我很不矜持又貪吃似的。」芮琪一面埋怨，一面小口小口地啜飲著奶茶，臉上的表情當然毫無怨氣，只剩下輕鬆與滿足。

要是以前，芮琪一想到稍後還得進行團練，臉色也好看不到哪去，今天倒是挺知足的，沒再擺出苦瓜臉。

「芮琪，我剛剛在外面聽，妳拉得很好啊！」

「你哪懂什麼大提琴啦……」芮琪害羞地瞅了阿鎧一眼。「嗯，謝謝啦，來吧，我們坐到這邊看風景。」

這時，芮琪的音樂班同學也三五成群，在教室外休息、玩手機、閒聊，眼看休息時間還沒結束，芮琪索性拉著阿鎧到一旁的階梯坐下。涼風徐徐吹來，帶著初夏的微溼氣息。阿鎧從樓頂往下俯瞰，這才發現校園各角落的杜鵑花有些晚開，即將因季節而結束的滿園春色，很快就看不到了。

而對於六月就要畢業的芮琪而言，這也是她在這所學校內最後一次杜鵑花期了。

「其實……那天在棒球打擊場，你對我說的話……讓我想了很多。」芮琪的表情有些複雜，像帶著苦楚的黑咖啡，卻也散發濃郁香氣般的笑容。

阿鎧心想，芮琪是率直自然的女孩，只要是芮琪笑著說出口的話，那一定就是好話了吧？

「前幾天在打擊場，你不是說了，家境、天分都不是放棄音樂的藉口……除非，是我自己不願意變強……」

「我竟然說了這麼沒禮貌的話……」阿鎧慌忙地搔了搔頭。

「哈哈，是我聽了你的話後，自己延伸出來的意思啦！」芮琪呵呵微笑。「總之……你說得對。我的確是一直在找藉口，怪家境不夠好，怪天分不夠，但國中這三年，我有意無意地翹練、拖累同學們的進度，卻是不爭的事實。」

阿鎧看著芮琪那充滿體悟的苦笑，很震驚她竟然也有如此坦然承認的勇氣。同時，他也露出敬佩的微笑。

「芮琪，妳有點變了耶。」

「哪有？」

「變得比較柔和、率直囉！」阿鎧認真地說，不忘給芮琪一個肯定的笑容。「還記得我以前一提到音樂班的事情，妳就翻臉呢！」

「你這是在笑我嗎？」芮琪故作生氣，阿鎧被她的表情給嚇到時，芮琪才吐吐舌頭，與阿鎧相視而笑。

「騙你的啦，我不會再這麼容易生氣啦……畢竟，和你這個真誠善良的小學弟相處的時間也已經不多了，我豈能再把時間浪費在生氣上頭，哈哈！」語末，芮琪不知道是羞澀，或急著趕時間，眼睛也不正眼看一下阿鎧，便匆匆地回教室練習去了。

「再見，阿鎧！隊長的事情我會再想辦法的！」

「哦哦，再見！」阿鎧望著芮琪迅速回到演奏席上的身影，心中也不免有些寂寞。

在六月畢業前，兩人相處的時間的確也不多了。

原來，認識的學姐即將畢業離校，會給人這種惆悵又辛酸的感覺。

⚾

「我們來給芮琪辦一個畢業送別會吧？」球隊剛開始練習時，阿鎧提議道。

「哦，雖然跟她不熟，但從我入學以來，也的確總在棒球場上看到芮琪學姐的身影，我願意參加。」小飛不愧是阿鎧的好朋友，立刻表示支持。

「芮琪學姐對我這個新人也很照顧，每次都在我失誤自責的時候安慰我，但又不會讓人感到壓力，我也參加！」跟小飛同時間入隊的球員們，也多半表示支持。

「你又要搞什麼多餘的小花招啊？」總是急著指責阿鎧的阿黑，這次也沒給他好臉色看。

阿鎧早就料到這些人不會輕易認同自己的提議，他和顏悅色地開始解釋著自己的計畫。「我只是想，芮琪在棒球隊服務也快三年了，從她國一時就

10 保守祕密

全心投入，甚至犧牲很多自己跟班上互動的時間，所以，大家一起替她辦個送別會，坐下來吃吃飯，或合寫一張卡片給她都可以，若你不希望我來主辦，那也歡迎你來辦。」

「不……」阿黑彆扭地移開視線。「我不是對芮琪有什麼意見，我也很想感謝她啊！」他邊說著，邊觀察齊霸的表情。

而齊霸只是靜靜地坐在角落裡，故作忙碌地穿戴自己的護具，沒有任何回應。

「所以，阿黑你要負責主辦嗎？」阿鎧進一步問，他的語氣沒有任何挑釁，只是單純地詢問。這種簡單不做作、也不讓人感受到威脅性的問句，讓原本火爆的阿黑也安靜了下來。

「不……太麻煩了，你來負責就好。」阿黑搔了搔頭。「先說好喔，我是看在芮琪的份上才參與的。」

「我知道啊。」阿鎧微笑地點頭。「那請願意參加的同學聚集過來，我們討論一下寫卡片的時間，以及辦送別餐會的地點。」

阿黑與一票跟齊霸較為要好的球員，都自然而然地聚了過去。「我知道芮琪喜歡吃鬆餅，也許我們可以訂在鬆餅店……」

「可是我想吃美式烤肉耶！芮琪不是也說她喜歡烤肉嗎？」

大家七嘴八舌地發表著意見，因為他們與芮琪相處的時間的確比自己久，阿鎧也非常重視他們的意見，傾聽每位球員的提議。

「你們帶芮琪去吃過烤肉？什麼時候的事情啊？怎麼樣的烤肉？」阿鎧禮貌地直視著大家的眼睛，又慎重地拿出紙筆，一來一往之間，他與每個球員都說上了比往常更持久的對話。

「我回去問我爸啦，他知道一間很不錯的餐廳。」阿黑熱心地要幫忙。

「我也到網路上查查看有什麼適合一群臭男生去、但女生也會喜歡的餐廳。」平常連話也不屑和阿鎧說的洛奇，也粗聲粗氣地開口。

「那太好了，就麻煩你們了喔！」阿鎧眼中充滿感激與驚喜。

「好啦，練球吧，少噁心了。」洛奇裝酷地走開。

「謝謝啦！」阿鎧再度道謝。原來，每個人都認真聽他講話、與他理性討論的感覺，真的很充實又安心。許多阿鎧自己一個人想不到的細節，均有人提點，看來這群人還是頗能依賴的。

10 保守祕密

結束了討論，大夥兒開始練球。阿鎧發現，大家對他的關注不再是靜靜地瞪視，而會主動與他搭話了。

「白痴喔！手套角度調整一下啦！」阿黑朝他怒吼。

雖然這句話裡多半帶著輕視，但阿鎧卻認為對方畢竟也是出自關心，才會主動提醒他一些細節。

當阿鎧練習打擊上壘之後試圖盜壘，洛奇也主動酸他。「你跑得不慢，卻不會判斷，每次都亂跑一通，這樣很浪費體力喔！還是……你自認為體力很好？」

「沒有啦，謝謝你跟我講。」阿鎧虛心接受他的意見。「什麼樣的球不用跑啊？」

「看那球路那麼疲軟，就知道馬上會被攔截了，這種時候你就乖乖站在壘包上就好。」洛奇碎碎念道。「連這也不懂，真的是個笨蛋！到時候被接殺就慘了！」

雖是被罵，但阿鎧也在一問一答間，從齊霸的跟班們身上學到不少。「他們罵我笑我也無所謂，反正能學到技巧才是真的，我的確是不懂，很多事情都需要從頭學起啊！」阿鎧一點也不覺得委屈，久了，他倒也將對方的「白痴」、「笨蛋」當作沒意義的口頭禪，根本沒放在心上。

「你不是說他們以前都不跟你說話？我看這幾天你倒是很熱門嘛，大家都會給你意見！」練習結束、收拾球具時，小飛用手肘頂了頂阿鎧，嘴邊掛著淺笑。

「是啊，至少他們想跟我說話了，哈哈。其他評論都無所謂啦，又不用一一去記在心底。而且，他們給的建議有時候也挺有用的。」

「真是受不了你，老是那麼樂觀，幫球隊打雜，自己一直吃虧，給別人笑了還說無所謂。」小飛苦笑道。

此時，阿弘教練接起了一通手機來電，比出手勢要大夥兒等等，暫時別散隊。

「什麼事啊？」剛結束音樂班練習的芮琪匆匆趕到，揮汗問著。「教練叫你們等什麼？」

「好像有什麼事要宣佈吧。」阿黑看到芮琪來時，露出了一個大大的賊笑。一旁的洛奇用手頂頂他，怕他「走漏風聲」。

10 保守祕密

「怎麼了？你們怎麼這樣看著我？」

大家全都頗有默契地搖頭，同時又彼此交換著竊笑的眼神。阿黑看看阿鎧，阿鎧看看洛奇，洛奇又看看阿黑，眼尖的芮琪很快地大叫出聲。「啊！我錯過了什麼？今天這裡的氣氛怎麼如此和諧又爆笑啊！你們全都轉性囉？」

「沒有啊，我們今天還是一直罵阿鎧，因為他打得太差了。」阿黑說完，阿鎧與其他球員都哈哈大笑。

「奇怪耶……」芮琪一頭霧水，不過，她也很明顯地感受到大家的互動變得更自然而圓融了，不像以前總是僵持不下，充滿火藥味。

「好了，教練有大事要宣佈！」阿弘教練掛掉電話時，表情充滿篤定與笑意，讓大家既期待又困惑。

到底是什麼事呢？

「各位同學！」教練故意深深吸了一大口氣。「你們有大比賽打啦！我們成功報名到市長盃囉！預賽十天後開打！」

「市長盃！去年我們還因為名額不足而失去報名資格耶！沒想到今年可

以打了！」芮琪又叫又跳。「太好了！還好招生有招滿！」

全隊立刻感染了振奮的氣息，一想到能在正規的紅土球場上馳騁，讓專業裁判與觀眾們看自己比賽，球員們都興奮了起來。

「既然能打比賽，就要力求進步！目標是打進複賽！」阿弘教練威武地吆喝著。「未來十天我們要加緊練習，全員都不准給我請假！聽懂了沒？」

棒球隊全員都渾厚地應和道：「聽懂了！」

「太小聲了，聽懂了沒？」

「聽懂了！」

「我們的目標是什麼？」教練問。

「進複賽！」

「大聲點！」

「進複賽！」數次振奮人心的高呼，不僅讓大家熱血沸騰，心也緊緊聚在一起。阿鎧無意間也與許多以往形同陌路的隊員，交換了幾個興奮的眼神。

「太好了！我們要一起努力啊！」阿鎧對小飛說。

「對啊，你這白痴要比我們更努力！」洛奇虧道。

10 保守祕密

「當然囉，我絕對會比你們更努力的！」阿鎧志高氣滿地回答。眾球員興奮地討論起比賽細節，直到有人發現了一件事……

「奇怪，隊長咧？」

「真的耶，齊霸不見了。」阿鎧這才回過神來。

「他是心情不好，還是怎樣？」阿黑四處張望。「怎麼最近都這麼早走？而且，他還一個人默默地走！」

「說到這裡……我有話要問你們。齊霸最近還有跟你們一起出去嗎？」芮琪想起齊媽媽的擔憂，直接詢問道。

「沒有吧，最近打給他，齊霸都說很忙，不然就不接電話。」阿黑搖搖頭。

「他最近真的怪怪的。」洛奇也說。

「大家先不用擔心，教練會去瞭解狀況，你們就專心準備市長盃吧！之後還有全國預賽在等著你們喔！據說有間大企業的財團法人也在隔壁縣市舉辦慈善賽，機會處處有，可得自己抓牢了。」阿弘教練如此勉勵道。

「好的，教練！」男孩們異口同聲地回答。

11

一路走來

「阿鎧，教練想請你幫忙。」在人群散去之後，教練對著獨自默默收拾球具卻毫無怨言的阿鎧說。

聽到教練的話，阿鎧抬起頭來。夕陽的金光將教練的臉龐染得十分溫暖慈祥，阿鎧看出教練微笑的背後，其實有幾分心事。

「教練，如果有什麼事我能做的，就跟我說吧！」他陽光地露齒一笑。

「阿鎧，你是這個隊上不可多得的好孩子，教練覺得你最近守備、打擊都進步很多，是個很有潛力的球員。」

「謝謝教練……」阿鎧感覺到教練話中有話，心情突然沉重了起來。

「不過，教練可能還是無法將你長時間放在場上，這次入隊的幾個新成員，實力與經驗都在你之上，希望你能體諒教練，將先發的位置讓給他們。」

「當然啊！球隊一定要擺出黃金先發陣容，才能贏球嘛。」阿鎧不加思索地說。

「你能諒解就太好了。」教練語重心長地說。「這兩天教練準備遞出報名申請資料，並排出先發名單，做好賽前策略規劃，因此，我才想先跟你說一下這件事。」

11 一路走來

「我明白了，教練。」阿鎧臉上掛起故作堅強的微笑。

「謝謝你的諒解，你很棒，是隊上不可或缺的人才，也因此你即使不能上先發，未來也會繼續跟著教練一起努力，對不對？」阿弘教練的表情有一絲歉疚。

「是！教練！反正我是這個隊上的一份子啊，我尊重教練的決定！」阿鎧大聲地回答，表明自己諒解的決心。

望著教練的背影，阿鎧嘆了口氣。他嘆氣不是因為別人，而是因為自己。

雖然這陣子他的確進步很多，但先發的位置終究是得留給更可靠、穩定的球員，而非他這種半途才加入、技巧不足的門外漢。

不過，雖然自己心底多多少少也做好了這樣的覺悟，但親耳聽到教練這麼說時，阿鎧的心情仍有些沉悶。

就像初夏的天空般，雖然接近傍晚時分仍明亮無比，卻也因為幾抹藕紫色的晚霞，顯得有些混濁不潔。

阿鎧此刻的心情就像這片天空。

他真是打從心底羨慕起球技高超的隊長齊霸。齊霸總是被身邊的眾人如此地期待著，也總是被大家深刻地關心，從芮琪、阿黑、洛奇等人，一直到教練、齊媽媽，大家都認可齊霸的球技，深深地支持著他。

「論球技，自己終究是技不如人，也沒辦法了……」阿鎧的眼淚掉了下來。他牽著單車，獨自走在夕陽金光照耀下的街道。

為什麼……自己不能更早就開始學打棒球呢？阿鎧心想。若從小學開始就練習棒球，那麼現在早已累積了足夠的經驗與實力，更能夠幫助球隊。

「不過，話說回來，小學時我遇到了那些用棒球霸凌我的人，讓我對棒球產生反感……本來想說一生都與棒球無緣了，沒想到……」阿鎧回想起最近發生的事情，自己竟然當上副隊長，也開始期待每次的練球，更交到不少好朋友，阿鎧心中湧起了感恩。

心情像是被溫暖的日光給包覆住了一般，倒也不覺得想哭了。

「唉，我在做什麼？竟然在這裡自怨自艾，還有更重要的事情等著我去做呢！」

阿鎧抹去眼淚，騎上單車，朝著街道的彼方筆直前進。

11 一路走來

莉莉導師站在圖書廳中央，邊走動邊巡視著孩子們的學習狀況。英語小組的活動已經進行到第三個月了，大家的感情也越來越融洽。來這裡可以吹冷氣、讀英文，又能交朋友，阿鎧真心覺得加入英語讀書小組是對的。

況且，也能與芮琪多點相處的時間。

阿鎧注意到芮琪最近經常揹著沉重的大提琴來圖書廳，以備放學時順道帶回家。以往，她都將大提琴鎖在音樂班專用的置物櫃中，到學校才彈奏。

「芮琪，妳回家也有練琴喔？」

「當然啊，馬上就是畢業公演啦，不勤練怎麼行？」

「可是，我看其他音樂班同學，也未必每個人都揹著樂器上下學啊！」阿鎧率真地提出質疑。「像有一位練小喇叭、身材微胖的男同學，我每天上學都遇到他，他也是都空著手……」

「哎唷！」芮琪不耐煩地打斷阿鎧。「那是因為他們都是有錢人，在家裡早有一副備用的了，當然不用像我一樣揹來揹去啊！而且大提琴那麼大一支，揹上揹下的，真的很累，讓我看起來像烏龜一樣！」

「哈哈，還真的有點像。」

「你還笑我啊？煩死了！」嘴邊雖然埋怨著，但芮琪卻將大提琴穩當地放在座位後方，連上廁所都要拜託阿鎧顧著，可以說是對自己的樂器呵護備至。

「芮琪，當初妳怎麼會想學大提琴呢？」一旁的小飛放下筆桿，好奇地問。

「嗯……小時候看過一部電影，女主角演奏大提琴的時候，姿勢很穩重，很優雅，但又不會誇張地擺動身體，給人很舒服的感覺。再加上大提琴的音色很溫柔沉穩，不管是悲傷的歌，還是快樂的歌，都能用自己的風格演繹出來，我覺得很酷啊！」芮琪不愧是音樂班的女孩，三言兩語就道盡了主修樂器的魅力，讓一旁的男孩們聽得津津有味。

「真的是太酷了，畢業公演我一定要去聽！」小飛捧場地說。

「拜託不要來，萬一我出糗怎麼辦？」芮琪焦躁地回絕了。

「唉，怎麼說這種話呢？」阿鎧鼓舞道。「妳這陣子練習得這麼勤，一

11 一路走來

定沒問題的。」

「哼，本來想說普普通通地演奏就好了，但一想到自己畢業之後，若不繼續進修音樂，可能就一輩子不會再遇到大提琴的正式演出……我就恨不得時間多一點！」芮琪的眼中燃起熊熊鬥志。

「妳真的不再考慮走音樂這條路啊？」阿鎧問。

「要考完這場末代學測才知道。國三生的壓力，你們不懂的啦！」芮琪聳了聳肩。「何況，我音樂班的同學很多都已經透過甄試或其他管道找到適合的高中了……」

「船到橋頭自然直啦。」小飛氣定神閒地說著。

「是啊，如果真的有心想進修音樂，高中不一定要讀音樂班，私下補習應該也可以吧。我在網路上查過文章，這種人還不少呢。」阿鎧說。

「你竟然為了我特別去查網路喔？」芮琪震驚地反問。

「沒有啦。剛好看到而已。」阿鎧連忙撇清。

「是啊，我也想過了，當初我只是單純喜歡演奏而已，並非真的喜歡音樂班的學習環境……」芮琪的神色坦然，面對幾位關心她的學弟，自然也說出了真心話。「所以不管未來選擇什麼學校，在自己的生活中都能繼續演奏，這才是最重要的。」

「搞不好妳可以加入那種市民管弦樂團啊！只要有實力，不管老中青、學歷高低都是可以加入的。」阿鎧偷偷地把自己查到的網路經驗談置入在對話中，還好這次芮琪沒有質問他，而是露出開懷的笑容。

「你查得還挺詳細的嘛。」芮琪說。

「當副手的個性很多都這樣的。」一旁跟阿鎧同班的副班長維弘微笑地插話道。「我在我們班的職務性質，也是以細心謹慎地處理雜事為主。」

「對啊，維弘總是發現很多班長、風紀股長沒注意到的地方，例如值日生排班、哪位老師生日、轉學生的適應狀況等等，維弘都很幫忙。」阿鎧認真地稱讚道。

「對啊，不是我在說，副班長和副隊長，都是要能默默負責事情的人喔。」維弘心情大好，繼續高談闊論道：「你們知道，在野狼的世界，武力最強也最活躍的角色，通常不是領頭的狼族長，而是狼副手喔！舉凡訓練小狼、驅逐陌生狼、獵食、尋找棲息地，這些幕後的事情都是副手在做的。雖然看似不重要，卻是團隊生活的基礎啊！」

「哇，好帥喔！」小飛眼睛都亮了。「你從哪裡看來的資訊？」

「電視頻道的野狼特輯說的啊！」維弘眼神發亮，繼續解釋道：「狼族長負責扮演權力中心的角色，處處打雜不符合他們的形象。事必躬親的，絕對就是狼副手了。狼副手的體力是最驚人的，每天一睜眼就要負責守備、獵食、教學、育幼等功能，一堆雜事都落在自己身上，心性堅定，眼神往往也是最銳利專注的。」

「同樣身為副手，阿鎧有這麼帥嗎？」芮琪笑著指了指阿鎧。

此時的阿鎧一臉憨笑，根本不像維弘所說的狼副手般擁有銳利的眼神，但芮琪知道，阿鎧骨子裡卻和狼副手一樣，流著勤奮專注的血液，胸膛中也充滿了認真的態度。

在維弘情緒高昂地發表完狼副手的言論後，在圖書廳巡視的莉莉老師走了過來。

「你們啊，不要一直講話，干擾到其他同學了啦！」老師問。「功課都寫完了沒啊？」

「寫完啦。」小飛和阿鎧一臉心虛地說。

莉莉老師端詳阿鎧的表情後，笑了出來。「阿鎧，雖然你帶頭講話，但老師看到你轉學來這邊之後，交了這麼多朋友，也很替你開心喔！」

「謝謝老師！」阿鎧心底湧起一陣暖流，與鄰座的組員們交換了一個開懷的眼神。

「不過，還是要小聲點講話喔！」莉莉老師眨著眼叮嚀道。

自修時間結束，最近每當接近放學時，阿鎧的心臟就怦怦狂跳。

今天，鐘聲一響起，阿鎧與芮琪就像是被電流竄過身體般，從座位上雙雙跳起。

「快跑！」阿鎧與芮琪笑著衝出圖書廳。

阿鎧索性幫芮琪揹起沉重的大提琴，兩人一前一後往球場方向狂奔。

「喂！你們該不會忘了……我也是棒球隊的吧？」小飛在後面氣急敗壞地追趕。

「抱歉啦！我們是要先去搬器材，你慢慢走沒關係！」阿鎧慌慌張張地回頭解釋，差點撞上其他路過的同學。

11 一路走來

「哦，看來棒球隊今天有比賽耶！」同學們看到阿鎧、芮琪、小飛接連穿梭而過，臉上也出現新奇的笑容。「要不然，我們去看看吧？」

「歡迎來看球喔。」阿鎧再度回首，對他們露出燦爛的微笑。

12

隊長與副隊長

到達紅土棒球場時，隊長齊霸已經準備帶頭做暖身操了，但他神色凝重而緊張，與以往比賽時氣定神閒的模樣有所不同。阿弘教練一臉嚴肅地跟他說話。看樣子，他們的對話非同小可。

芮琪前往擺放球具時，恰巧聽到了他們談話的內容。

「齊霸，你是隊長，要有隊長的樣子，今天比賽完不准早退，好好聽完檢討會再走。教練是不知道你最近發生了什麼事，但如果就這樣被那些事給打敗的話，你往後也會一直被打敗下去！這是教練自己的心得……」教練臉色複雜，眼底彷彿浮現了什麼往事，目光帶著一些苦楚。

「知道了……教練。」齊霸大概也被這番話給觸動了，點了點頭。阿弘教練看似還想說些什麼，但眼看鄰近國中的隊伍也已經來報到，他便連忙去跟對方的教練打招呼。

這次的友誼賽對象，是素有得分王美名的新川國中，他們每場比賽都能拉開比分到五分以上，讓對手苦追在後，這樣不僅能消耗對手的士氣，更能讓對手輸掉比賽。

「絕對會是場硬仗喔！」芮琪對其他學弟說著，阿黑與洛奇則與阿鎧討

12 隊長與副隊長

論著戰術。

「最近接連有幾場大比賽，我會開始幫大家做一些數據紀錄。」阿鎧對其他隊員們說。「反正我大部分的時間都坐在板凳上，可以好好觀察，經理芮琪也會幫我記錄。」

「還好有芮琪，不然你這個門外漢，一定會看走眼，萬一把我的高超表現記錯就慘了。」洛奇的嘴巴仍沒放過阿鎧，但阿鎧一點也不在意。

「是啊，因為我自己還不行，才找芮琪幫我看，你可以放心囉。」阿鎧掛起平和的微笑，反倒讓洛奇彆扭了起來。

「笨蛋，我隨便說說的，不用回答我，我要去熱身了！」

「哈哈，跟你在一起，想找架吵也沒辦法。」芮琪拍拍阿鎧的肩，套了句諺語。「真是『一個銅板敲不響』！」

阿鎧其實聽不懂芮琪想說什麼，此刻的他只是忙著在紙上填入每個先發球員的名字。入隊的時間不算長，但阿鎧寫起每個球員的全名與綽號，卻是毫無延遲、熟練得不得了，連他們在隊上的守備位置、打擊棒次，阿鎧都背得分毫不差。

比賽陷入白熱化，齊霸有幾球沒有發揮好，原本擔任先發投手的他，打擊能力也不差，今天卻只發揮了平常水準的五成。

阿弘教練看了，直搖頭。「齊霸不像不專心，反而看起來有些疲憊，他最近到底在做什麼？肌耐力不好，就容易受傷、容易失誤啊。」

「我也不知道耶，教練，我們最近想找他出來聊天吃冰，但他都拒絕了。」阿黑回答。

「你先上場頂替一下齊霸，讓他回來休息。」阿弘教練派出阿黑擔任替補投手。而齊霸發覺自己被換下來時，一臉不爽，還瞪了阿黑一眼。

「你乖乖聽我的安排，好好休息！」教練用力地拍了齊霸背部一下。「坐好。」

「我不要跟這個板凳副隊長坐在一起。」齊霸拋下這句話，就到板凳的另一端坐著。阿鎧與芮琪忙著記錄比賽，也沒空跟他計較了。

「齊霸，你看起來很疲憊耶，晚上有睡好嗎？最近都到哪裡去了？教練一看你投球的樣子，就知道你的手臂最近使用過度了。」阿弘教練用炙熱的眼神嚴肅地望向齊霸。「剛剛為什麼不跟教練直說呢？這樣還投球，很容易

12 隊長與副隊長

受傷的！球員的身體就是最重要的資產，萬一受傷了……」

「我知道了，教練。」齊霸打斷教練的話，低頭不語。

「我還沒說完……算了，現在比賽還在進行中，我得先指揮比賽，晚點進行賽後檢討，再跟你談。」阿弘教練畢竟得以眼前的比賽調度為重，只好先放棄說教。

「這個給你用。」芮琪拿著冰敷袋走來，齊霸則迴避著她的視線，伸手接過冰敷袋。

「謝啦。」

齊霸也開始默默地觀看比賽。為了幫助前陣子剛加入的新球員融入環境，教練平日就以新人搭配前輩的編制，要求他們兩兩一組做投捕與打擊練習。

幾位實力遇到瓶頸的隊員，例如洛奇與阿黑，因為和新隊友搭檔的關係，球技也產生了不同的化學效應。

一連串比賽看下來，進攻的節奏也變順了，連連安打。守備上大家也充滿默契，接球時也不再發生互撞互頂的情形。看來，教練也改變了策略，用了許多技巧，將整個球隊的節奏帶了起來。

「沒想到球隊能變成這樣，大家……真的都在進步。可以的話，我也想留下來參加賽後檢討啊……」齊霸自言自語著，眼神充滿無奈與矛盾。

阿鎧注意到他的神情，有些擔憂地望著齊霸。

新來的幾個學弟們不僅個性很好，球技也紮實，且都能配合教練的指示，大家守住了許多重要的球，更將對手的攻擊火力牽制住，沒讓他們的比分超前太多。

「守得好！」

「哇！剛剛也太刺激了吧！帥耶，洛奇！」隊上響起此起彼落的回應。他們瓦解了對手的氣勢，振奮的士氣瞬間在紅土球場蔓延開來。

阿鎧雖然暫時沒有上場，但他也沒閒著，不但在休息區緊盯著每位隊友的表現，還幫忙做著筆記，記錄每位球員的數據。

「追平了！我們追平了！」小飛打出一記漂亮的全壘打，一路跑回本壘，和休息區，和阿鎧興奮地擊掌。

攻守交替，這局換阿鎧的球隊守備。此時，教練帶著冷靜的微笑走來。

12 隊長與副隊長

「阿鎧，去守左外野。」

被叫到的阿鎧緊張地猛然起身。「是……教練。」

「你可以的！」教練用力拍了阿鎧的肩膀一下，點點頭。阿鎧感覺有些暈陶陶，沒想到，自己竟然在這麼重要的時刻被派上場。

阿鎧知道自己的實力不算名列前茅，就算是坐一整場的板凳也不奇怪。沒想到，教練竟然要他去守重要的外野。

「我真的可以嗎？」阿鎧感覺心臟快蹦出胸口了。他看向場上敵隊的打擊者，每個都很壯碩有力，而他們擊出的球，隨時可能會攻向自己這裡。

說實在的，阿鎧有些臨陣退縮，天邊的大太陽讓他頭昏眼花，再加上自己要是沒守好，不曉得又會被休息區的洛奇與隊長講得多難聽……他突然有種念頭，要不要舉手向教練說自己不舒服，請他換人？

如果真的可以這樣的話，一切就會輕鬆多了……

「阿鎧，看你的囉！」守內野的小飛朝他大喊，幾位休息區的新隊友也用信任及堅定的眼神望向自己。大家的溫暖回應，立刻打消了阿鎧的退縮之意。

「我要撐住……我可以、我可以。」阿鎧對自己說，舔了舔嘴唇。

他緩緩地吐氣、吸氣，努力地把注意力全部放到打擊者身上。

「哐！」球應聲飛出，在刺眼的烈日中襲來，飛得又高又遠。

「全壘打了！」敵隊的球員叫囂道，但阿鎧努力追著球跑了過去。

「並不是全壘打，還不夠深、不夠遠，我一定追得到！」阿鎧邁步奔馳，他不曉得，原來自己還能跑得這麼快。視線也突然變得清晰起來，等阿鎧意識過來時，他已經舉起手，在外野位置接殺了對手的球。

球穩穩地落在阿鎧的手套中。全場歡呼。

「太好了！守住了！」

「哦！是那個副隊長啊！」觀眾席不知不覺也湧進了一些同學，他們拍手叫好，有些人甚至回教室呼朋引伴，要其他人都來看比賽。友善的關注眼神也讓球員們振奮起來，大家心底都明白，他們的比賽越來越好看了。

「加油啊！棒球隊的！」連排球隊和籃球隊的球員都被這場球賽吸引，大家紛紛駐足在紅土棒球場，大聲地替這個一向乏人問津的棒球隊加油。

雖然，他們最後以兩分之差輸給了敵隊，但大家的士氣絲毫沒受到打擊，

12 隊長與副隊長

反而更加亢奮了。激昂的情緒，甚至像燦爛的煙火般直直升起，感染了觀眾。

「比賽好像變好看了！那個外野手真會守！」觀眾們熱烈地討論道。

「他們在說你耶！」小飛比阿鎧還開心，幾乎跳了起來。

「沒有啦……」阿鎧脫下棒球手套，苦笑道。他第一次感覺，自己真的進步了。

「原來……我真的可以。」他用感激的眼神望向教練，脫帽跟教練敬個禮。要不是教練給他機會上場發揮，恐怕阿鎧今天也要坐一整場的板凳了。

「其實，坐板凳無所謂，只要上場時都能像今天這樣即時發揮，那麼也算是替球隊盡力了！」阿鎧振奮地想道。

大家收拾好球具後，準備到附近的豆花店開賽後檢討會，找出該改進的地方。

「唉，齊霸那傢伙，又溜了！枉費我跟他說了這麼多！」聽到阿弘教練這聲嘆息，大家才發現……齊霸竟然又消失了。

「他有東西沒拿耶！這應該是他的吧？裡面有作業簿和一些傳單！」眼尖的小飛發現，齊霸的座位下有個文件夾。從作業簿上的姓名來看，這的確是齊霸的，顯然他走得很匆忙，才會漏東忘西的。

「咦？這是……」阿鎧端詳著文件夾中的傳單。

那是一間電玩鋼珠店的宣傳單。

那間鋼珠店的地點遠在城市的另一端，就連搭公車也要四十分鐘左右的車程。

在燈光昏暗、充斥著電玩音效的柏青哥鋼珠店中，齊霸正忙著搬運沉重的貨物。他穿著制服背心，制服上寫著「服務生」三個斗大的國字，除了搬貨和清點沉重的鋼珠罐之外，他偶爾還要搬運重達十五公斤的大紅茶桶，替茶水機補充飲料。

「齊小弟，外找！」另一位工讀生拍了拍齊霸的肩膀。

齊霸一轉頭，表情突然大變。

鋼珠店的外頭，站著一臉憂心的阿弘教練。

12 隊長與副隊長

大概知道事情再也瞞不住了，齊霸拖著沉沉的步伐，走向教練。

「這是你掉在球場的東西。」教練臉上的表情並沒有嚴厲責備之意，反而帶著心疼。「你是為了趕公車來這間店打工，才每天都早退的嗎？」

「因為我看我媽媽工作很辛苦，體力也大不如前……所以……」齊霸緊繃的臉部線條漸漸地放鬆了下來，滿臉委屈與疲憊。這是他從未讓人見過的另一面，但面對爸爸般的阿弘教練，他知道紙再也包不住火了。

「我是想，預先開始打工，存我讀高中的學費……才不會讓我媽媽這麼辛苦。因為……現在的我如果去參加體保生甄試，大概也沒希望了。」

「誰說沒希望的？你也太看不起教練了吧！」阿弘教練恨鐵不成鋼地說。「你如果認為自己的實力還有待加強，又真心想考取棒球名校，那就要把握每分每秒，加緊努力啊！這才是真正的投資自己，而不是來這種非法打工的地方浪費自己的寶貴時間！你現在才二年級，明年也還有機會啊！」面對如此頹廢消極的齊霸，教練忍不住怒火中燒。

「去年，你不是還跟同學誇口說自己要參加棒球名校選秀的嗎？假設你真的把自己的承諾當一回事，現在的你，又怎麼會出現在這裡？」教練繼續追問道。

「教練……我早就知道我沒那麼強了……我只是，不想讓大家看破……」齊霸眼眶泛淚，但基於自尊心，始終強忍著，不讓淚水滑落臉頰。

「你才國二，別想那麼多，好好努力就是了。若經濟上有困難，教練會幫你想辦法。」阿弘教練不捨地摟了摟齊霸的肩膀。

「好了，現在請你們老闆出來，教練來好好跟他說，要他把這陣子的工錢一毛不差地付給你，否則，我就控告他僱用童工。」

那晚，齊霸低著頭，跟在教練的身後告別了鋼珠店。

阿弘教練沒有告訴齊霸，其實他原本也有請阿鎧和其他隊友來勸齊霸回家。不過，阿鎧堅持不肯。

「要是齊霸看到我們這麼多人，大概會覺得面子掛不住，反而沒辦法跟教練坦白的，還是教練您自己去最適合！畢竟，他平常在我們面前都努力表現出威風帥氣的模樣，也是大家心目中真正的隊長！」內心纖細的阿鎧，極力辯駁道。「更何況……齊霸很討厭我，看到我，他只會更不爽的！」

「傻孩子。」阿弘教練當時這麼回答道。「齊霸不是討厭你，相反地，

12 隊長與副隊長

他一定非常羨慕你！你身上有許多特質，是齊霸自認不如，卻又遲遲不肯承認的啊！」

13

挑戰連連的初夏

今晚，棒球隊的球員們脫下充滿青春汗水的隊服，穿上了整潔的襯衫與長褲，來到華美壯闊的文化中心演藝廳。

他們入座後，便用力地拍手歡迎學校的音樂畢業班入場。

「啊，是芮琪學姐！好漂亮啊！」眼尖的小飛指著芮琪學姐叫道。芮琪微微駝背，看起來有些緊張。她穿著正式的黑色小禮服，露出白皙的雙腳與手臂，頭髮也清爽地在頭上挽成薔薇般的髮髻，更襯托出她清新脫俗的氣質。

芮琪跟在音樂班的同學後頭，魚貫地在觀眾的掌聲中上臺，進入自己的座位，雙手扶好大提琴。

「咦！學姐戴隱形眼鏡的樣子也太正點啦……」球隊的男孩們議論紛紛。

「是啊，芮琪平常都掛著眼鏡，沒想到她的眼睛其實還滿大的嘛。」洛奇對阿鎧說。「哈哈，阿鎧看到說不出話來囉！」

「沒……沒有啊。」阿鎧支支吾吾地移開視線。「我是覺得，她的妝看起來有點太濃了，好不習慣。」

「少在那邊亂說，你剛剛明明看得兩眼發直了！」阿黑也嘻笑道，用手

13 挑戰連連的初夏

肘頂著阿鎧。

「安靜啦，這裡是音樂廳耶，成何體統！」阿弘教練舉起手，像打地鼠般輕輕地拍打球員們的頭——啪、啪、啪，大聲講話的同學們全都縮了縮脖子，尷尬地反省了起來。

「對不起啦，教練！」大家摸了摸頭，不再鼓譟。

阿鎧的心怦怦直跳，他看得出來臺上的芮琪也非常緊張，與以往氣定神閒的模樣大有不同。

但當芮琪優美的大提琴樂音慢慢淡入其他同學們的主旋律中，阿鎧能明顯感受到，芮琪已將緊繃的情緒轉化為專注。沉穩的大提琴樂音，替樂曲做了更多層次的鋪陳，更像是一張溫暖的大毯子，輕柔地包覆著聽眾的心。

「樂曲的神韻整個都出來了。」雖然阿鎧不懂管弦樂，卻也能明確地用直覺分辨耳畔的音樂是否悅耳動人。

而芮琪在演奏完第一首曲目之後，情緒似乎也明顯舒緩了不少，臉上逐漸開始出現了微笑。

「咦？」阿鎧一回頭，才發現有幾位隊友竟然睡著了，連忙把他們搖醒。

「我叫你們睡？以後想要看你們學姊的畢業公演，就再也沒機會了。趕快給我醒來！」阿弘教練發現後，又再度施展「快手打地鼠功」，將昏睡的球員們給一一拍醒。

「對不起，因為冷氣太涼了……」學弟們尷尬地醒來。

雖然過程中表現得有些脫線，但棒球隊的隊員們最後也不忘衝到臺前獻花。沒想到，大概是演奏者與臺下的家屬人數太多，芮琪竟然因為忙著收琴，而完全沒有注意到學弟們。

「芮琪學姐！來拿花啦！」洛奇和阿黑只好粗魯地喊道，阿弘教練則生氣地要他們安靜。

「男生怎麼可以沒有風度！等學姐走過來，她自然就會看到啦，催什麼！」

音樂班的同學們由於這場騷動，紛紛轉過頭來。

「哦，芮琪這麼吃得開啊？臺下一堆男生要獻花給她耶！」

「因為她是棒球隊的經理啊！」同學們總算明白平常芮琪在忙些什麼了，芮琪似乎很受球員敬重，她們的眼神中帶著羨慕與好奇。

13 挑戰連連的初夏

「芮琪，恭喜妳要畢業了。」阿鎧獻上一張綁著藍色緞帶的大卡片，這是所有隊員對妳的祝福。為了避免破壞驚喜，大夥兒在練習時間偷偷傳著卡片，還要避免被芮琪看到，過程中遮遮掩掩，充滿刺激與緊張。

「哎唷，沒想到你們準備了這麼多喔！」芮琪覺得有點害羞，畢竟一旁的同學與家屬，都開始對他們投以好奇又欣羨的目光。

「這是畢業禮物。」一向酷酷的齊霸也往前踏了一步，將大夥兒合資買的小禮物送給芮琪。但是當一個桃紅色的信封，從黑衣人——齊霸手中拿出時，芮琪禁不住噗哧地笑了出聲。

「這是什麼？咦！」芮琪驚訝地瞪大眼睛。「啊！是提琴工房的抵用券。」

「這是我們特別為妳準備的消費抵用券，希望芮琪之後也可以繼續拉大提琴。這間工房可以做琴弦的基礎保養，也可以換弓毛。」阿鎧解釋道。

「哇……這也太實用了吧！」芮琪不像其他女生，一感動就要掉淚，反而是興奮得滿臉漲紅，神采飛揚。「你們有打聽過嗎？這間提琴工房的服務品質非常好，謝謝你們！不過……這麼貴重的禮物……」

「不會啦，我們隊上一、二十個人，一下就湊齊了，大家都很樂意。」洛奇補充道。「就是怕妳不想收錢，阿鎧才想出現金抵用券這個辦法。」

「芮琪，妳就收下吧，這是大家的心意，未來也要繼續拉琴喔。」阿弘教練慈藹地點點頭。

「謝謝大家！」芮琪向大家鞠了個深深的躬。「跟大家相處的時間僅剩一個多月……等我忙完基測後，希望我還能跟大家一起參加暑訓，而且……這陣子，我發現自己對棒球真的很有興趣，若未來的高中有女子棒球隊，我一定要加入，再回來跟各位報告心得！」

「哇！太好了。」學弟們全都露出驚喜的神色，又鼓掌又起鬨，也讓芮琪的心暖洋洋的。

「芮琪，雖然教練說這話或許早了點，但升上高中後，妳還是可以常回來看學弟們打球，教練也希望能常常看到妳喔。」阿弘教練沉穩的臉龐也流露出不捨。

芮琪則大方地笑著給了教練一個擁抱。「我一定會回來的，教練！多謝你和大家給我這充實的三年！哈哈！」

13 挑戰連連的初夏

芮琪開始閉關準備二〇一三年的末代基本學力測驗後，球隊也在同一時間如火如荼地展開特訓。

阿弘教練加強了選手操練的強度，折返跑、投捕訓練、打擊訓練……每項訓練都讓隊員們叫苦連天。訓練實在太過嚴厲，令人難以適應，就連跑步能手阿鎧，頭幾次訓練時，也都跑到胃酸翻滾，在路邊反胃乾嘔了起來。

至於阿黑、洛奇、小飛……等實力不錯的球員，也是唉聲嘆氣、天天抱怨，洛奇甚至一度中暑送醫。至於齊霸呢？他跟大夥兒一樣全程參與練習，檢討會也不再缺席了，但對於教練的指示，他仍堅持自己的主張，愛聽不聽的。

「喔，好，我知道。」雖然不像以前那樣愛頂嘴反駁，但教練叮嚀過的問題，齊霸並無明顯的改善之意，大多時候仍是按照自己的打法，他倔強的個性讓阿弘教練非常頭痛。

衝突的爆發，是在一場友誼賽結束的午後時光。

「你不要再騙教練了，你這個隊長到底怎麼當的？你說想練左投，但教練要你練的球路，你很明顯都沒有練，今天卻硬要投左投，展現那種笑死人的姿勢，再來被對手得分！」

難得看到教練勃然大怒，一旁的隊員們全都嚇傻了。

阿弘教練繼續罵道：「你們平常賽後的檢討，就是要講彼此的優缺點，看到對方有漏洞本來就是要提出來，也要聽進別人對自己的批評，這才是球隊中的民主！不要以為自己躲在象牙塔裡面就很強了，你真的這麼厲害的話，早就代表國家去比賽！不會在這裡！」

齊霸先是震驚，而後感到自尊被踐踏因而氣紅了臉，阿鎧本想說些什麼緩頰，卻也一時語塞，只好保持安靜。

齊霸緩緩起身，收起自己的球具，擺明是聽不進教練的話，想一走了之了。

「隊長，留下來吧，教練也是為你好……」洛奇支支吾吾地勸道，一旁的阿黑也看不下去了，伸手想攔住齊霸。

「他要走就讓他走好了，走了就別回來了！」教練持續怒吼道，像一頭

13 挑戰連連的初夏

負傷的野獸般咆哮著。阿鎧回想起教練先前在夜市與他談心時說過的話，這才明白，原來教練一直想將齊霸培養成更優秀、得以參加國家選拔的選手……

「你是能成大器的料子，卻一直逃避成長，這樣下去，教練看了實在很難過！你原本可以選擇發光發熱，甚至能當上職業選手，現在竟然在浪費時間給我混日子！難道這樣就對得起那些相信你的隊友和家人嗎？你到底把他們當成什麼？」

教練指著齊霸身後那群既擔憂又恐懼的同學與學弟們，繼續罵著。大家看到實力堅強的齊霸要離開，大比賽又近在眼前，心中自然驚慌。同樣地，他們心中卻也充滿了恨鐵不成鋼的情感，不願意看到齊霸停滯不前，拒絕進步。

而齊霸像是完全沒聽到般，賭氣地拎著東西就要大步離開。

阿鎧起身想攔住他，教練卻揮手阻止他。

「隨他去吧！你做得已經夠多了。」

大家的情緒低落，卻也顯露難得的成熟，不再將注意力放在齊霸身上，而是繼續認真地檢討著彼此的球技。

「今天，阿鎧錯過了盜壘的時機很可惜，不過那也是因為先前大家都叫他別亂盜壘的關係。你可能還不太會看時機，下次我們會為你想個專屬暗號，和你好好配合。」小飛與學弟們，分別點出阿鎧今日比賽的問題。

「好，我記住了，再請大家幫我看一下了。」阿鎧在筆記本上做著註記。

之後，教練又把所有球員的表現分析了一遍，才宣佈散會。

而就在阿鎧和學弟們剛把球具抬回倉庫時，聽見校門口傳來一陣恐怖的聲響。

那是大貨車緊急煞車的尖銳噪音。

「不好了！出事了！」遠處校門口的同學們驚慌地喊道。

阿鎧跟著教練、隊友們一起奔出校門。

有個高大的身軀躺在馬路上，痛得抱住雙腿。遠遠的地方停著一輛貨車，駕駛正無奈地舉起雙手，向學校的老師們解釋著。

「是那個孩子突然騎車衝過來的……」

「天啊！」此時，洛奇慌亂地抱頭大叫，衝過馬路。「隊長！你沒事吧？」

眾人這才發現，躺在馬路上的，正是隊長齊霸。這實在不得了，阿鎧也連忙緊張地跑過去。

原來，方才隊長騎著腳踏車闖紅燈，貨車駕駛為了閃避他、連忙緊急煞車，而隊長也因為過度驚慌，自己從腳踏車上摔了出去。

隊長緊抱受傷的雙腿，一看到阿鎧過來，便惱羞成怒地大喊。「走開！你不要碰我！」

「算了，你離他遠一點吧。」阿黑輕輕地把阿鎧拉開。

「這是我們隊上的孩子，我跟他去醫院！」教練急忙趕到，暫時平息了這場騷動。

隔天，阿鎧聽隊友說，隊長的腿受了傷，暫時不會來練習了。至於傷勢如何，因為齊霸不給任何人探病，只叫媽媽透過電話聯絡教練，因此，實際情形仍有待瞭解。

「真是的，我們下週就要參加市長盃棒球聯賽了！少了隊長，還比什麼啊？」隊友們埋怨道。

阿鎧也感到很憂心。隊長雖然平常脾氣火爆，但關鍵時刻他總是能夠得分連連，是隊上不可取代的人。

想必是受到隊長缺席的影響，一連幾場練習賽，跟隊長最要好的洛奇也頻頻失常，心神不寧。

14

未完的比賽

今天，第一場市長盃預賽就在眼前。大夥兒也明白了齊霸無法發揮作用，只得帶著失落又緊繃的心情，到市中心的體育場報到。

不熟悉的巨大場地與正式規格的比賽，讓沒有比賽經驗的學弟們都有些緊張。而洛奇、阿黑比賽經驗還算尚可，但失去了一向頗有默契的齊霸，也很怕自己的實力，無法像往常一樣獲得施展。

「雖然陣容上有些改變，但相信大家都能夠發揮出抗壓性，今天你們的學姐芮琪正在迎接基測的考驗，你們也要拿出自己的拚勁，懂嗎？」

「懂！」在教練喊話後，眾人的士氣勉強獲得振興。

雖然齊霸不在，但阿鎧依舊沒有獲得先發機會。

阿鎧早有預料，畢竟自己的實力原本就不能跟齊霸相提並論，彼此負責的角色也不同，阿鎧經常守內野，偶爾才上場打擊，齊霸則是王牌投手、先發打擊班底，就算這次阿鎧先發上場，也無法填補這種空缺。

這場預賽，是由英語課輔小組的組員、也是河堤棒球隊一員的小飛，代替受傷的齊霸上陣，擔任先發投手。

小飛眼睛紅紅的，似乎也因為壓力過大，昨晚沒能睡好。當他站上投手

14 未完的比賽

丘時，還不斷地因強烈的日光而流著眼淚。

「小飛那傢伙實力是不差，但……要跟齊霸比，還差遠了。」阿黑站在小飛正後方的守備區域，碎碎唸道。

「啊！」休息棚傳來一陣騷動，候補的學弟與阿鎧，全都抱頭大叫。

原來，小飛一開始就被對手轟出全壘打，掉了一分。

對手一連用驕傲的姿態跑過一壘、二壘、三壘，最後回本壘得分。「小菜一碟啦！」他笑道，與自己的教練、隊友們開懷擊掌。

「完了，出師不利……」投手丘上的小飛，臉色喪氣極了。

彷彿就從這一刻起，對手掌握了比賽節奏，他們的休息棚中傳來一陣陣的歡呼，相反地，阿鎧這隊則寂靜無聲，士氣再度低落。

「小飛！穩穩投啊！」阿鎧在心中吶喊，他已經習慣了坐冷板凳的日子，卻也因此擁有強悍的心靈，隨時可以聽候教練差遣，上場發揮。

小飛咬牙吐氣，又試著投了幾球，總算將先攻的兩位打者都給三振出局。

「投得很好啊，接下來也要繼續加油喔！」小飛回到休息區時，阿弘教練用力地摸摸小飛的帽子，他露出慶幸的微笑。

「你很棒耶！已經能獨當一面了！」阿鎧也用真誠的笑容迎接小飛。

「沒有啦，一開始我真是嚇死了……接下來又很怕投出四壞球保送。如果我也提早開始練刁鑽的左投就好了。」

「你如果認真練，一定能練得比齊霸快，因為你比較能聽得進教練的建議嘛！」阿鎧再度微笑道。

「啊，這局換我們攻……我得上場打擊了。」小飛向阿鎧點頭致意後，又匆匆到場邊待命。看著跟自己同年齡的同學如此發光發熱，阿鎧並沒有因此卻步或埋怨。

「反正，你應該也很習慣坐板凳了吧？」大概是因為自己今天的發揮不理想，洛奇又開始用言語酸著阿鎧。

「我可以調適。」阿鎧雖然有些不爽，卻也盡量避免著衝突，沒有反過來頂嘴。因為他明白，現在最重要的便是穩定軍心，而非像洛奇一樣找架吵、挑起紛爭。

「哇！酷啊！小飛學長！」學弟們發出一聲驚呼，阿鎧這才發現小飛已經安打上壘了，連忙起身跟眾人一起鼓掌。

14 未完的比賽

「哦！阿黑學長也上壘啦！」一二壘有人，看來局勢大好。這時如果派出一個擅長安打的飛毛腿，大概就能將一二壘的跑者往前推進，至少能攻下一分。阿鎧如此分析著局勢，一面在筆記本上記錄著賽況。

背後忽然伸出一雙厚實的手，輕輕地按在阿鎧背上。原來，是教練。「別寫了，上去跑一跑吧！」

「咦，教練，真的嗎？」阿鎧反而有些慌張。

「別問，去跑就對了！安打慢慢敲，他們的投手很擅長變化球，但角度很小，你專心點，看能否點到球，記得喔，球要用點的，將投手和捕手搞得人仰馬翻，這樣阿黑和小飛才有機會跑回來得分。」教練露出和煦的微笑。

「我知道了！」這算是『犧牲短打』的戰略──打者故意敲出靈活難纏的短打，替壘上跑者爭取時間，屬於非常經典且實用的戰術，阿鎧早已十分熟悉了。

他估計自己應該來不及跑上一壘，但如果真的靠著這雙腿成功上壘，更能替隊上增加優勢，沒有任何壞處。

「阿鎧學長，加油喔！」幾位曾在河堤旁因打球認識的學弟們，也熱情地替阿鎧吶喊。獲得熱烈應援的阿鎧，好人緣毋庸置疑。

自己畢竟是個初學者，雖然偶爾能靠運氣敲出幾支短打，但遇到今天這種大場面，真的可以嗎？

看著球場上全副武裝的裁判，一股高規格比賽的壓迫感，正深深地衝擊著阿鎧。他邊練習吐納呼吸，邊帶著棒子跑上本壘板。

「好球！」裁判喊道。

一開始，阿鎧遲疑著沒出棒，便錯失了一個變化球。

「好球！」

「咦……」阿鎧實在不懂，這麼刁鑽的球路，怎麼會是好球呢？只能咬牙打下去了。

投手扭轉著手腕，重新調整著站姿。艷陽高照的紅土球場，阿鎧瞇起眼。

一二壘上站著阿黑與小飛，他們紛紛用凝重的眼神望向自己。

阿黑的眼神充滿了緊繃，小飛的眼神則帶著信任……阿鎧深深呼吸。

砰，他擊出了球！

如教練交代的那般，阿鎧輕輕一點，拔腿就跑。

14 未完的比賽

阿黑如飛矢般筆直衝向了二壘，小飛則往三壘方向火速衝刺。阿鎧也努力奔向一壘。

捕手沒接到阿鎧點出的球，一瞬間軍心大亂，投手也連忙過來撿球幫忙守備。投手擁有一雙銳利的鷹眼，一轉身就死命將球往三壘傳。

「小飛！快跑！」場邊的學弟們雖是如此加油著，而眼看小飛只差那麼一步就能抵達本壘得分，卻被投手的猛傳給刺殺了。

「唉呀，真可惜！本局殘壘收場！」教練苦笑道。阿鎧與阿黑只能苦著一張臉，從自己抵達的壘包上離開。

「沒關係，至少你們的火力已經提升了！等一下也照這樣打，就沒事囉！」阿弘教練拍了拍阿鎧與阿黑。

「欸，不是我在說，你剛剛做得還不錯嘛。」阿黑認真地正眼瞧向阿鎧。

「謝謝……」阿鎧有些吃驚。

「嗯，不用謝啦，很噁心。」阿黑哈哈大笑，舉起飲料杯，大口大口地補充著水分。

接下來又換他們守備，小飛依舊擔任投手，所幸他的體力不錯，後幾局都沒有再失分。

不過，一直打到第五局，阿鎧他們仍落後對方一分，遲遲沒追上。

忽然間，天空深處，隱約發出了低沉的雷響。而當天色暗下來時，大家都不敢相信，瞠目結舌地仰望蒼穹。

「唉，下雨的話，選手很容易受傷的。」阿弘教練擔憂地對學弟們說。「真要下的話，就乾脆下大一點，直接停賽吧。」

彷彿聽到阿弘教練的想法一般，斗大的雨水瞬間隨著旺盛的午後氣流衝落地表，將場上的球員個個淋成了落湯雞。

「暫時延賽半小時，若半小時後雨勢不減，我會向大會提出延賽要求。」主審把兩隊的教練都找去，如此宣佈道。

「哎唷，我都快嚇死了，就不能今天打完嗎？」小飛嘆氣道。

也有人持反對意見。

「我今天有好幾球沒守好，上場打擊也只是替大家增加三振次數，所以我倒希望延賽，畢竟今天我手感太糟了……」洛奇沮喪地搔頭道。「我看啊，我根本就是退步了。教練剛剛還特地把我叫去耶。」

14 未完的比賽

大概是看到大家都有所發揮，自己卻讓教練操心，洛奇也拋開了往常惹人厭的態度，誠心地低頭懺悔著。

阿鎧不知道自己該說些什麼，只是默默地倒了杯水給沮喪的洛奇。

「喂……阿鎧，」洛奇揉了揉被汗水弄濕的眼睛。「你不是有一本筆記，專門記載球員的數據嗎？」

阿鎧將筆記遞了過去，而洛奇嘆了口氣，望著自己的比賽數據。「我……我真的退步了，上幾場友誼賽，我還掉分呢……」

「沒事的！你認真起來也是打得很好啊！雖然我們等級差很多，但我還是看得出來，你不是真的退步啦。」阿鎧試著開自己玩笑，好讓洛奇打起精神。「也許……只是一時失常而已……」

此時，在滂沱大雨的淅瀝聲中，洛奇轉過頭，用不可思議的深刻眼神望向阿鎧。

「阿鎧，你為什麼都不會生氣，也不罵人啊？」

「是嗎？」阿鎧苦笑著。「大概是因為，我覺得發脾氣對自己也沒好處吧……」

「唉，你真的很討厭。」嘴上這麼說著，洛奇卻用如釋重負的有趣表情笑了。阿鎧也對他投以微笑。

「而且，比賽數據你也記得太詳細了吧！」洛奇佩服地翻著阿鎧的筆記。從當上副隊長的那一天開始，阿鎧即使坐在冷板凳上，也總是雙眼認真地觀察每個球員的表現，而在大賽將近前夕，他更是詳盡記錄了每位球員在球場上的特色。

「喂，阿鎧，你知道，教練先前要我練習投直球吧！」洛奇的表情有些挫敗。「我怎麼都練不起來……在場上也沒辦法發揮。」

「直球慢慢練啦！其實，你變化球很厲害，誘導能力也很好啊，常常能夠騙打擊者出棒。我記得，你之前對到隔壁國中的隊長李建成，那球真是漂亮！」阿鎧發揮他昔日的觀察能力，有條理地翻著筆記，還舉出例子，洛奇不禁瞪大眼睛。

「這些事，我自己都不記得了，你還真有心咧……」隨著阿鎧的溫和分析，洛奇臉部表情逐漸放鬆。

他們又等了半小時，原本應該是短暫雷陣雨的這場雨，終究沒有停歇之

14 未完的比賽

意。主辦單位也只好宣佈停賽，延期到三天後舉行。

球員們散場時，意外地發現觀眾席上坐著一群同校的加油團。雖然人數不多，但在這個炎熱的假日，能看到這些同校的觀眾，球員們仍倍感親切。

更何況，這些觀眾還撐起傘，在大雨中等了半小時，只為了怕錯過可能再度開打的比賽。

如今延賽，觀眾們也開始紛紛離場，魚貫地從看臺走下來。他們的隊伍，正巧就在休息區附近。

「欸，你們今天打得還不錯啊！三天後我一定會再來看的！」一位圓潤的同學說著，原來是阿鎧他們班的副班長維弘，他身後跟著幾個隔壁班的同學。

「最近那幾場友誼賽我們也有去看喔！」同學們親切地與驚訝的隊員們打招呼。

「雖然你們還是常輸球，但比賽變好看了喔，態度果然很重要！」

「今天更是有看頭了！不拚到最後不放棄，讓人感動啊！」看來由於同學們口耳相傳，阿鎧一轉身，竟發現連班導師莉莉都來看自己打球呢。

「阿鎧，老師有看到你剛剛那支出其不意的短打喔！你允文允武，真是帥氣！」

「沒……沒有啦！」阿鎧滿臉通紅。「那是聽教練的話才打出來的啦……而且我也沒有打得很好，『允文允武』這種讚美太誇張了啦！」

「真是的！」莉莉老師苦笑道，用力地拍著阿鎧的肩膀。「長輩的誇獎，你就高高興興地接受啦，說什麼客套話！真是早熟的孩子……」

「對不起啦，老師！」

「也不用道歉啦，哈哈哈。」莉莉老師搭住阿鎧的手臂。「等一下球隊還有事嗎？老師請你們喝飲料啊！」

「哇，阿鎧，你的老師真好啊！」一群學弟們也搶著分一杯羹，紛紛開懷大笑，擠了過來。

大家歡笑成一片，讓這個下午看似毫無缺憾地結束了。走出了市立體育場，外頭的假日花市讓球員們食指大動，小飛、洛奇買了紅茶冰嗑了起來，阿黑則一面與教練討論賽況，一面笑呵呵地啃著雞翅，一群學弟吵吵嚷嚷地走在前方，討論著昨晚的職棒轉播。

14 未完的比賽

然而，阿鎧的心底，還是有些地方空空的。

因為芮琪不在，而且隊長齊霸也還躺在醫院裡……

現在這個球隊不僅稱不上理想的球隊，更可說是一個不完整的球隊。「如果齊霸也能來打球，勢必更有勝算！」他認真地想。

15

完整的隊伍

週一放學後，洛奇、阿黑到齊霸的家去探病。音訊全無的狀況下，阿弘教練也無從判定他的傷勢是否嚴重，只知道齊霸從週五開始就躲在家中，足不出戶。

「齊媽媽說齊霸似乎是『不想』比賽，而不是『不能』比賽……」教練吩咐道。「不如你們就去看看他到底怎麼樣了？」

「齊寶，你隊友來看你囉！趕快出來！」聽到了媽媽的通知後，齊霸非常不情願地走了出來。

看到他大腿上的一大片傷勢時，洛奇與阿黑會心一笑。因為，從傷口的包紮狀況來看，紗布平貼在肌膚上，更沒有打石膏，顯示出這個傷勢只是皮肉傷與瘀青，還不到不能出賽的程度。

這也證實了阿弘教練的猜測。恐怕齊霸心理上的抗拒因素，才是最大的問題。

「一定又是阿鎧那傢伙叫你們來的吧？你們的心思才沒細膩到會來探病咧！」

「看來你很想念阿鎧吧？」洛奇故意笑著說道。

15 完整的隊伍

「誰想看到他那個衰鬼！自從他來隊上之後，我就開始諸事不順，常常被教練罵，甚至出了車禍！」

阿黑和洛奇面面相覷，他們早已不會對齊霸的暴怒態度感到無奈，相反地，他們都知道齊霸只是在說著氣話。其實，大家都看得出來齊霸很在意阿鎧，就連探病這種事情，也直接聯想到阿鎧。

阿黑苦笑地勸道：「好啦，你還要氣到什麼時候？」

「我就是看他不爽……他一定很想取代我，自己當隊長吧。」此時，出現在齊霸臉上的，並不是憤怒，而是一種深刻的羨慕。齊霸的臉上寫著孤寂，呼吸也急促了起來。

「阿鎧從來沒有想要取代你啊，你看看這個就知道了。」洛奇拿出一本黑色筆記。上頭寫滿了隊上每個球員的攻守數據，還有最近新增的兩頁內容。

「這是教練和阿鎧一起想出來的練習策略，也包含之後我們要打市長盃用的賽前攻略。」阿黑在一旁說。

齊霸仔細望向阿鎧工整而用心的筆跡，上頭密密麻麻註記著每個球員的練習方針、上場之後的策略。

更重要的是，齊霸的名字不斷出現在筆記裡。

「隊長齊霸：強棒，擅長大火力的長打。守備力也非常優秀，守內、外野均有一定品質。右投已很穩定，市長盃可與小飛搭配交換，保留體力與調度空間。左投技能若能加強，會更好。」阿鎧一字不漏地將教練的分析寫在筆記中。

齊霸翻著筆記，原本強硬而不自在的表情，也漸漸放鬆。

雖然齊霸不願意承認，但當他閱讀阿鎧的筆記時，彷彿可以從筆跡中看見阿鎧作筆記時那敦厚而認真的模樣。

何況，阿鎧也在最近的市長盃攻略中，提到了齊霸能發揮的空間……

「看到了吧？」阿黑對齊霸露出了淺笑。「阿鎧和教練，都在等你回來。還有我們，也在等你回來。」

「是啊。」洛奇認真地望著齊霸的眼睛。「根本就沒有人想取代你。」

15 完整的隊伍

黃色的隊旗上印著校徽，飛揚在場邊的看臺。今天是市長盃預賽的重要日子。對手是曾經打過友誼賽的鄰近國中，比分維持一比零，暫時落後。

阿鎧發現，場邊來了個熟悉的身影，那正是他和隊友們等待已久的人。

「隊長！」阿鎧帶著微笑跑向齊霸，而齊霸則有些彆扭地轉過身，想裝做沒聽見。但阿鎧根本沒把這點小動作放在心上，臉上洋溢著笑容。

「太好了，隊長，還好你來啦！」

「嗯……」齊霸點點頭，迴避阿鎧熱烈的視線。

「你要不要去帶大家做熱身操？還是你比較會帶，我每次步驟都記不清楚。」阿鎧露出苦笑。

這一笑，讓齊霸也不禁稍微收起了防備的眼神。

「哼，你還太嫩了，今天就由我來帶操吧！」齊霸雖然嘴上這麼說，但當他望著阿鎧時，總覺得阿鎧臉上的表情跟前陣子看到的不太一樣了。

阿鎧臉上的表情已經少了些稚嫩，動作與語氣都多了幾分俐落，但眼神和語氣，卻還是一樣真誠待人。

隊長因為腿上仍有皮肉傷，除了帶操之外，一開始都待在休息區待命。

他表情專注地觀看比賽，腿上放著阿鎧的戰略筆記。

「隊長很認真地看著那本筆記耶！」走向棒球場時，小飛很驚訝地對阿鎧說。「我剛剛還聽到，他跟教練在討論筆記內容，而且，他沒有發脾氣。」

「真的嗎？」阿鎧傻笑地回望著休息區。「那太好了。」

休息區的另一端，站著教練與齊霸。雙方眼睛都盯著場上的打擊者，但一場師徒間的對話，同時也正在進行。

「齊霸，教練可以將你今天的出席，看作你對這個球隊的忠誠嗎？」阿弘教練嚴肅地問著，確認著齊霸的心意。

「教練……前幾天是我不對，自己耍脾氣跑掉，又故意隱瞞傷勢……」

「我知道，阿鎧出現之後，你覺得自己不夠受器重，加上對家庭、對自己升學規劃的遲疑，就開始不在狀況內。你一定也早就發現了，那傢伙雖然能做到許多你做不到的事，但你早已具備的一些經驗及球技，他也無法兼具。」

「當然，他打得又沒我好……」一不小心，齊霸昔日的傲氣又衝出了嘴邊。

15 完整的隊伍

「他打得沒你好，但你呢？」教練阿弘的銳利目光仍留在場上，與齊霸並肩交談。「你跟過去的自己相比，是否有比較好呢？原本能專心準備體保生選拔的你，這陣子真的有進步嗎？當別人幫助你、提出意見、希望你更上層樓時，你為自己做了些什麼？又為隊伍做了些什麼？」

齊霸的眼眶，默默滑下了懺悔的淚水。

「教練說這些，不是要責備你，相反地，我覺得你今天能出現在這裡，想必是希望球隊贏球吧？」

齊霸點著頭，他抹去眼淚，糾結深鎖的眉頭下，充滿了決心，眼睛也閃著光亮。

「那就去吧！」教練在齊霸的肩上重重一拍。「教練跟你一樣大時，也經常和球隊上表現不如自己的球員比較，藉此獲得安全感與自信。然而，你終究是要離開這間學校、這個隊伍的，你現在的所作所為，要對得起未來的自己——那個擁有寬廣眼界的自己！」

齊霸擦去了悔恨的淚水，轉頭望向阿鎧。

一下了公車，芮琪氣喘吁吁地奔馳在灼熱發燙的柏油路上。已在幾天前結束末代學測的她，心情十分複雜。悶在家裡對完答案之後，芮琪發現自己考得比預期的好，但聽到補習班的老師說這次的題目偏簡單，就又開始擔心自己的分數不夠出眾。

「不能再悶在家裡了！」芮琪惦記著今天是學弟們出賽的日子，連忙搭了公車，來到市立體育場。

炎熱的天氣讓她汗流浹背，芮琪身上還帶了相機、以及兩大罐的運動飲料，是剛剛從超商買來，要給學弟們的。

忽然，體育場裡傳出一陣譁然歡呼的聲音，顯然是比賽得分了。「是誰得分了呢？我們學校嗎？」芮琪焦躁地奔跑了起來，心裡拚命祈禱，千萬要是學弟這隊得分啊！

「唉！得快點才行！聽說三天前的比賽，學弟已經落後了一分，萬一差距拉大了就糟了……」

15 完整的隊伍

芮琪穿著輕薄的淺藍色連身褲，白色球鞋飛快地踏過體育場外的步道。推開體育場側門時，壯觀的紅土球場和浩瀚的藍色天空同時映入眼簾。

「太好了！剛剛是學弟得分了，還連得兩分！」芮琪喘得上氣不接下氣，露出釋懷的微笑。「現在是二比一，我們領先啦！」

一來一往的拉鋸戰，讓看臺上的觀眾們大呼精采。學校的加油隊伍，甚至做了宣傳看板，穿著學校的體育服，拿著加油棒猛力揮舞。

「好多母校的同學來看球……」芮琪欣慰得眼眶發紅，步伐飛速地往球員休息區前進，一顆心早已情緒高漲。

「哦？換我們守備了。」芮琪說著。

球場幅員遼闊，而球員休息區並不是兩三分鐘就能抵達的。芮琪個子已經很嬌小了，還揹著包包、相機以及要給學弟的運動飲料，難免體力有些不支。她決定放緩速度，慢慢走，也靜靜地繼續觀看比賽。

對手派出實力堅強的打者，想拉回比分。投手丘上站著齊霸，負責主要守備，一二三壘則分別是洛奇、小飛、阿黑站崗。

此時，守內野的一位學弟大概是身體不舒服，臉色蒼白地比出手勢要阿弘教練換人。

「不知道阿弘教練要換誰……」芮琪才這麼想著，便看到阿鎧咬牙奔上球場。

「是阿鎧！」這陣子沒來球隊幫忙，不知道阿鎧的進步幅度如何，芮琪只能說自己看到此番情景有些驚訝，看來，俗稱「二軍」的板凳球員果真能在危急時刻派上用場了。

瞧阿鎧的表情，便知道他很努力在調整自己的情緒。板凳球員通常都得有顆「強心臟」，意即抗壓性高、隨時能接受教練的任何安排，並完成指示。雖然芮琪明白，阿鎧並非祕密武器，只是上來墊檔接替學弟位置的，而且內野守備能發揮的機會也有限。

但看到阿鎧義不容辭地帶著堅毅的表情上場，芮琪心中仍滿是感動。

現在已經是九局下半了，只要守住這局不讓對手得分，阿弘教練率領的隊伍便能以二比一取得市長盃預賽的首場勝利！

「加油啊……大家……」芮琪用手緊壓著胸口，心臟都快跳出喉嚨了。

這局一開始，齊霸並沒有把握住優勢，分別投出了一堆壞球，不小心保

15 完整的隊伍

送了敵手的第一棒，緊接著，第二棒又安打上壘了。

「糟糕，一二壘都有人，萬一第三棒又來個全壘打，我們就會一次被追過三分……這樣就四比二，大敗了……」芮琪抹去額角的汗水，坐立難安。

對方的第三棒情緒似乎也相當緊繃，身材高壯的他，正瞪視著身為投手的齊霸，粗壯的手臂微微揮著棒子，似乎在向齊霸示威。

砰！對方竟然又打出了一球！

白色的球就像死神般微笑著，在全場的叫聲中飛向了內野。看來這並不是個全壘打，很可能是個疲軟且靠運氣擊出的短打……

直到阿鎧用手套撈起了這顆球，他毫不猶豫地傳球給三壘手，刺殺了跑者。

三壘手再度將球猛力傳向二壘。

他們演出了精采刺激的雙殺！目前只有一壘跑者上壘，情勢相對來說輕鬆了些。

「唉，對方還有一棒……」芮琪等著對方再度出局，結束這場比賽。不過這名新上來的打者也很刁鑽，雖然齊霸試著投出幾個變化球，卻也不得主審的青睞，被判為壞球。
對手再度打擊！
這一球是形成了內野方向的滾地球，阿鎧又再一次飛身撲接，火速將球傳給來接應的齊霸。
「二壘手！」齊霸喊著，要二壘手擋下跑者。
白球筆直地穿過了二壘，又回傳一壘，再度完成了雙殺，將兩名跑者都給ＫＯ出局！
快節奏的比賽，讓人難以招架。在芮琪歡呼尖叫前，比賽已在裁判的哨聲中結束。
「最後一局打得好刺激喔！還好對手連續被我們雙殺兩次！否則我的心臟都快跳出來了！」芮琪又叫又跳地奔向學弟們，把運動飲料拋到他們手中。
「這是給你們的！」
「芮琪學姐！」休息區的學弟們都露出驚喜的笑容。
場上的球員們仍在緩步聚集，位置最遠的外野手也陸陸續續走回投手丘，準備列隊敬禮。

15 完整的隊伍

小飛三步併作兩步，興奮地跳到阿鎧背上。「欸，剛剛怎麼都是你接到啊！好巧喔！」

「因為齊霸的球很刁鑽，所以他們打不出長打，才會跑到內野啊。」阿鎧露出替齊霸開心的笑容。

「少在那裡誇我了……我沒投好啦。」齊霸的低沉的聲音悠悠地從阿鎧背後傳來。

「不過，你剛剛傳得不錯。」齊霸輕描淡寫地說，在阿鎧來不及道謝前，便笑著走過他身邊。

看見了這一幕的芮琪，在休息區露出了甜甜的會心一笑。雖然齊霸與阿鎧前陣子還充滿心結，但現在遇到關鍵時刻卻能像難兄難弟一般彼此接應，充滿默契。

「阿鎧，做得好！」教練摟住阿鎧。「我就知道你能和齊霸隨機應變的！你很知道怎麼跟隊友合作！教練就知道你可以，才派你上場接應！」

「謝謝教練……」阿鎧摟住教練，感謝他在危急時刻給予信任。

「副隊長辛苦了！」休息區的隊友們全都出來抱住阿鎧，加上看見了芮琪的倩影，阿鎧笑得合不攏嘴，卻也有些鼻酸。

阿黑與小飛也一臉興奮地跑來和他擊掌。「剛剛大家真帥啊！阿鎧！」

「阿鎧，來啊！繞場慶祝！」壯碩的洛奇舉起黃色的隊旗，一手把阿鎧往隊伍裡拉。同校的同學們也在場邊，不斷替他們吶喊歡呼。

阿鎧知道自己好久沒有這麼開心了。回頭望向休息區的空板凳時，他不禁會心一笑。

齊霸在場邊對著大夥兒微笑拍手，雖然他什麼都沒說，但阿鎧知道，隊長是真心地在替他、也替這整個球隊高興。

「招生、訓練、完成比賽，這學期比下來，我也在不知不覺中進步了啊……」阿鎧相信，這場比賽只是棒球隊的其中一站。往後，或許他會和隊長一起在場上馳騁，一起打出更好的比賽。

阿鎧很期待那天的到來。

（全文完）

培育文化 勵志學堂 71

熱血棒球隊

作者 夏嵐
責任編輯 林秀如
美術編輯 林鈺恆
封面設計 青姚

出版者 培育文化事業有限公司
信箱 yungjiuh@ms45.hinet.net
地址 新北市汐止區大同路3段194號9樓之1
電話 （02）8647-3663
傳真 （02）8674-3660
劃撥帳號 18669219
CVS代理 美璟文化有限公司
TEL／(02)27239968
FAX／(02)27239668

總經銷：永續圖書有限公司

法律顧問 方圓法律事務所 涂成樞律師
出版日期 2018年10月

國家圖書館出版品預行編目資料

熱血棒球隊 / 夏嵐著. -- 初版.
-- 新北市 : 培育文化, 民107.10
面 ; 公分. -- (勵志學堂 ; 71)
ISBN 978-986-96179-8-7(平裝)

859.6 107013795

62

《與毛小孩約定的幸福》

我，即將擁有家人了……

狗類之間有一個古老的傳聞，就像人類也有信仰一樣。
只要在那一生，能得到主人一滴最真摯的眼淚，
那麼來世，就還會再回到那個主人身邊……

63

《拉布拉多陪我：點亮看不見的世界》

「我生來就是要當妳的眼睛。
只要有彼此在，未來的旅途將美好燦爛。」

誕生於嚴謹的拉布拉多繁殖機構，
晶晶從導盲犬學校畢業、歷經嚴苛的篩選，來到小玫身邊。
小玫是三年前在意外中失去視覺的職業錄音師，
自尊心甚高的她，失明後遭未婚夫分手，也丟了工作。

不敢再渴望愛情的小玫，卻透過晶晶開啟了一場愛的旅程。

64

《流浪犬阿金》

牠的心是如此破敗不堪，你是否仍願為牠停留？

被說是惡霸也好，孤狼也罷，
犬王阿金，早已習慣了獨自在街頭討生活的日子，
黑中帶金的星辰毛色，象徵了牠顛沛卻也不凡的一生。

在流浪鬧事中度過歲月，漸漸不再年輕，
問題狗兒阿金，卻成了一隻家庭寵物！

65

《與奶奶的約定》

奶奶，我會幫妳記得所有的事情……

每年暑假，倩羽最期待的就是到臺南老家和奶奶一起過暑假了。
但今年，爸爸卻告訴她一個令人震撼的消息：奶奶得了失智症。
而倩羽下定決心，就算奶奶以後什麼都記不得也沒關係，

她會不厭其煩的告訴奶奶：
「奶奶，我是倩羽，是跟您感情最好的倩羽。」

※為保障您的權益，每一項資料請務必確實填寫，謝謝！

姓名		性別	□男　□女
生日	年　月　日	年齡	
住宅地址	郵遞區號□□□		
行動電話		E-mail	

學歷

□國小　□國中　□高中、高職　□專科、大學以上　□其他______

職業

□學生　□軍　□公　□教　□工　□商　□金融業

□資訊業　□服務業　□傳播業　□出版業　□自由業　□其他______

謝謝您購買 ___熱血棒球隊___ 與我們一起分享讀完本書後的心得。務必留下您的基本資料及電子信箱，使用我們準備的免郵回函寄回，我們每月將抽出一百名回函讀者，寄出精美禮物以及享有生日當月購書優惠！想知道更多更即時的消息，歡迎加入"永續圖書粉絲團"

您也可以使用以下傳真電話或是掃描圖檔寄回本公司電子信箱，謝謝！

傳真電話：（02）8647-3660　電子信箱：　yungjiuh@ms45.hinet.net

●請針對下列各項目為本書打分數，由高至低5～1分。

	5 4 3 2 1		5 4 3 2 1
1.內容題材	□□□□□	2.編排設計	□□□□□
3.封面設計	□□□□□	4.文字品質	□□□□□
5.圖片品質	□□□□□	6.裝訂印刷	□□□□□

●您購買此書的地點及店名______

●您為何會購買本書？

□被文案吸引　□喜歡封面設計　□親友推薦　□喜歡作者

□網站介紹　□其他______

●您認為什麼因素會影響您購買書籍的慾望？

□價格，並且合理定價是______　□內容文字有足夠吸引力

□作者的知名度　□是否為暢銷書籍　□封面設計、插、漫畫

●請寫下您對編輯部的期望及建議：

★請沿此線剪下傳真、掃描或寄回，謝謝您寶貴的建議

221-03

新北市汐止區大同路三段194號9樓之1

傳真電話：（02）8647-3660

E-mail：yungjiuh@ms45.hinet.net

廣告回信
基隆郵局登記證
基隆廣字第200132號

培育

文化事業有限公司

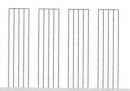

讀者專用回函

熱血棒球隊

培養文化育智心靈的好選擇